KB274256

달빛 속

푹 자요

카페

달빛 속 푹 자요 카페

아미노 하다 장편소설

양지연 옮김

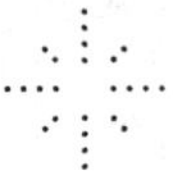

차례

일러두기

1.   본문의 각주는 옮긴이 주입니다.
2.   맞춤법은 국립국어원 표준국어대사전 및 외래어 표기법을 따랐으나
     관용적으로 널리 쓰이는 표현은 입말을 살려 표기했습니다.

프롤로그

거리에 청량한 기운이 넘치는 맑은 가을 오후.

노부인은 저택 2층에서 책을 읽고 있었다.

책장을 넘길 때마다 어깨에 걸친 파란 체크무늬 숄이 스르르 흘러내렸다.

2층은 방 전체가 이국적인 책과 소품으로 가득 채워져 마치 노부인의 수집 상자 같았다. 그 상자 속에서 흔들의자에 몸을 맡긴 채 책 속으로 빠져드는 소소한 시간이 노부인은 더할 나위 없이 행복했다.

쿵쾅쿵쾅 발소리가 울렸다. 누군가 계단을 올라오는 듯했다.

"할머니, 여기 있었네?"

"응. 오늘은 혼자 왔니?"

초등학교를 막 졸업했을 법한 나이로 보이는 소년이 들어왔다. 화사하고 예쁘장한 얼굴에 윤기 나는 황금색 머리칼이 유난히 돋보였다. 노부인은 책을 덮으며 여벌 열쇠로 문을 열고 들어온 소년을 맞았다. 소년과 항상 같이 오던 아이는 오늘 학교 행사인 학년별 합숙에 가느라 못 왔다고 했다.

"가기 싫다고 울고불고 난리였어요. 학년이 달라서 어쩔 수 없는데, 왜 자기만 가야 하냐며 어찌나 심통을 부리던지. 아마 거기 가서도 뾰로통해 있을걸요."

"너랑 떨어지기 싫었나 보네. 둘이 워낙 친하잖니."

점잖은 말씨의 노부인이 환하게 웃으며 소년의 머리를 쓰다듬었다. 소년은 멋쩍어하며 수줍게 웃었다. 뒤로 감춘 손에는 뭔가를 꼭 쥐고 있었다.

"오늘은 집에서 홍차 스콘을 구웠는데 할머니가 가르쳐준 대로 했더니 아주 잘 부풀었어요."

"뒤에 감춘 게 스콘이구나. 마침 잘됐다. 차 한잔할까?"

"네!"

스콘이 담긴 종이봉투를 받아 든 노부인이 책을 내려놓고 천천히 일어나 소년과 함께 1층으로 향했다. 종이봉투를 살짝 열었더니 잘 구워진 스콘에서 고소하고 달콤한 버터 향이 물씬 풍겼다.

"와, 맛있겠다. 카페를 열면 스콘도 메뉴로 내놓아야겠는걸."

"할머니, 카페 열어요?"

노부인이 나선계단을 한 단 한 단 조심히 내려가며 흘린 혼잣말을 듣고 소년이 연갈색 눈동자를 반짝이며 물었다.

"할머니 꿈이야."

노부인이 말했다.

"이 집에 카페를 열어 느긋하게 지내려고. 늘그막에 딱 어울리는 꿈인 것 같지 않니?"

"저도요! 저도 카페 같이하고 싶어요!"

"오, 그럼 할머니도 좋지."

어떤 카페를 차릴지, 카페 이름은 무엇으로 할지 노부인은 벌써 다 정해두었다고 했다. 꿈을 이뤄주는 마법의 주문도 걸어둘 거라고 했다.

"마법의 주문?"

"방금 읽은 책에 신기한 마법이 가득 들어 있었거든. 그중에는 소원을 이뤄주는 주문도 있단다."

쿡쿡거리며 장난스럽게 웃는 노부인이 소년의 눈엔 마법사로 보였다. 전지전능한 마법사처럼, 노부인이 하는 말은 뭐든 다 이루어질 것만 같았다.

"아주 멋진 카페를 열자꾸나."

이것은 마법 같은 이야기.
그리고 누군가의 꿈 이야기다.

한밤중의 만남

잠을 못 잔다는 건 아무튼 괴로운 일이다.

요즘 들어 하루 세 시간, 심할 때는 두 시간밖에 못 자는 날이 이어져 이누이 마모리는 컴퓨터 앞에서 눈을 깜빡이며 고통을 체감했다.

"이봐, 이누이! 다음 달 직장인 대상 세미나 계획서 다 됐어?"

"아니요, 아직……."

사무실이 죽 늘어선 거리, 엇비슷한 건물 사이에 섞여 서 있는 삭막한 주상복합건물. 그곳 2층이 마모리가 일하는 이벤트 기획사 사무실이다. 지금은 오후 시간이라 직원들이 모두 책상에 앉아 일하고 있었다.

뒷자리에 앉은 후루타가 마모리를 불렀다. 후루타는 마모리보다 한 기수 위 선배로, 각진 스포츠머리에 이목구비가 또렷한 남자다. 해양스포츠와 근력 트레이닝이 취미여서 그런지 체격도 좋았다. 목소리가 원체 큰 탓에 직원 10여 명이 근무하는 좁은 사무실에 소리가 쩌렁쩌렁 울렸다. 잠을 못 잔 탓에 머리까지 지끈지끈 울려서 제발 좀 조용히 말해주면 소원이 없을 것 같았다.

"아직이라니, 너 정말! 내일 고객사에 보여줘야 하니까 빨리 좀 끝내!"

'급하면 네가 하든지.'

목구멍까지 치밀어 올라온 말을 꿀꺽 삼켰다.

대학을 졸업하자마자 입사했으니 이 회사에 들어온 지 벌써 3년 차다. 입사 1년 차 신입 시절, 후루타는 참 듬직한 선배였다. 성격이 털털하고 시원시원해서 뭐든 편하게 물어볼 수 있었고 업무도 이것저것 먼저 챙겨줘서 의지가 됐다. 하지만 마모리가 정식으로 후루타의 사무 보조를 맡게 된 뒤부터 후루타의 태도가 돌변했다. 마모리는 순식간에 귀여운 후배에서 부려먹기 딱 좋은 부하로 전락하고 말았다. 잡일을 떠넘기기 바쁜 후루타를 마모리는 속으로 '악랄한 선배'라 불렀다.

'아, 머리 아파. 이건 좀 간단한 일이니까 딴 사람한테 넘겨야겠다.'

"네, 알겠습니다."

마모리는 건성으로 대답한 뒤 짧게 친 검은 머리를 절레절레 흔들며 일어나 조금 떨어진 책상으로 걸어갔다. 나른한 손놀림으로 마우스를 딸깍거리는 파견 사원에게 말을 걸었다.

파견 사원 또한 마모리와 똑같은 포지션으로 사무 보조를 맡고 있었다.

"고가네이 씨, 미안한데 자료 좀 정리해서 고객사에 메일로 보내줄 수 있을까?"

"네? 제가요?"

첫마디부터 불만이 가득 담긴 고가네이의 말투에 마모리는 입술 끝이 파르르 떨렸다.

핑크브라운 색상으로 꼼꼼히 염색한 웨이브 머리와 회사에 입고 오기에는 좀 과하다 싶은 화려한 무늬의 치마 등, 고가네이는 어디서나 눈에 확 띄었다. 현란한 네일아트에 색조 화장까지 완벽하게 하고 출근하는 고가네이를 마모리는 속으로 '성가신 동료'라 불렀다.

"바, 바빠?"

"못할 건 없지만, 나중에 해도 돼요? 지금 하는 일 먼저 끝내고 싶은데."

손으로 가리킨 컴퓨터 화면에는 아직 한참 남은 정기회의 자료가 떡하니 펼쳐져 있었다.

'아니, 뭐가 먼저인지도 몰라?'

회사 규정이 느슨한 편이라 고가네이의 옷차림을 두고 뭐라 하는 사람은 딱히 없었다. 요즘 회사들은 복장이나 두발 규정이 자유로운 편이라 바빠서 미용실 갈 시간조차 없는 마모리로서는 고가네이를 본받고 싶기까지 했다.

복장이야 그렇다 쳐도 고가네이의 일 처리 방식은 너무 자기중심적이었다. 하지만 이런 일로 한마디 했다가는 바로 토라져서 직장 내 괴롭힘을 당한다는 둥 자기는 성실히 일하는데 괜히 트집을 잡는다는 둥 파견회사에 꼬치꼬치 보고하며 피해자인 양 떠벌릴 게 뻔했다. 최근에만 해도 두 번이나 귀찮은 일에 휘말렸다.

'내가 오죽하면 고가네이 씨한테 맡기겠어? 다들 바쁜데 어떡해.'

"되도록 이것 먼저 해줘. 늦지 않게 부탁할게."

퍼붓고 싶은 말들을 꾹꾹 눌러 삼키고 억지웃음을 지으며 물러났다.

"뭐, 일단 해볼게요."

고가네이는 마모리에게서 시선을 돌린 채 마지못한 투로 대답했다. 일단 해보겠다는 대답이 영 미덥지 않았다.

"이누이, 잠깐만."

한숨을 내쉬는데 상사 미우라가 출입문 사이로 얼굴을 들이밀며 둥글고 통통한 손으로 손짓했다.

'왜 또, 이번엔 뭐지?'

보통 상사가 따로 부를 때는 좋든 나쁘든 중요한 전달 사항이 있다는 뜻이다. 좋은 소식이라면 승진이나 프로젝트 합류 제안, 나쁜 소식이라면 실수가 발각됐다거나 한직으로 좌천되는 일 같은…… 하지만 마모리는 상사가 부르는데도 긴장하기는커녕 시큰둥한 마음으로 미우라에게 다가갔다. 미우라가 불렀다면 분명 중요한 얘기는 아닐 테니까. 십중팔구 하찮고 시시껄렁한 잔소리일 것이다.

"아니, 이누이 씨. 본인 책상을 좀 봐봐. 정리 좀 하지 그래? 손님이 왔다가 이런 지저분한 책상을 보면 뭐라고 생각하겠어?"

"아……."

'그럼 그렇지. 쪼잔하기는!'

통통한 체형에 땀이 많은 미우라가 손수건으로 얼굴을 훔치면서 잔소리를 깐족깐족 이어갔다. 마모리의 책상은 좋게 봐줘도 깔끔함과는 거리가 멀었다. 미우라의 지적은 지극히 타당했고, 상사로서 그런 지적을 하는 것 자체도 잘못은 아니다. 하지만 눈코 뜰 새 없이 바쁜 지금 이 시점에 의미심장한 목소리로 부하를 호출하면서까지 꼭 그런 지적을 해야 할까.

미우라는 한가할 때면 부하 직원의 일을 돕기보다 이런저런 트집을 잡기 바쁜 '귀찮은 상사'다. 미우라의 표적은 늘 마모리였다.

'책상이 너저분한 걸로 치자면 후루타 선배가 더 심하고, 고가네이 씨도 화장품 파우치며 손거울 같은 걸 잔뜩 늘어놓았는데!'

그 둘에게는 말하기 껄끄러운지 미우라는 늘 마모리만 콕 집어 희생양으로 삼았다. 사람들의 관심을 끌고 싶어서 이러는 걸까? 당신과 달리 난 그럴 여유가 없거든요, 하고 되받아치면 얼마나 속 시원할까.

바로 반박하고 싶었지만 잠을 못 잔 탓인지 머리가 돌아가지 않았다. 그리고 머리를 써야 한다면 이런 쓸데없는 일보다는 쌓인 일을 처리하는 데 쓰고 싶었다.

"죄송합니다. 앞으로 잘 정리할게요."

"오늘 중으로 해. 신입 딱지 뗀 지도 오랜데, 이젠 모범을 보여야지."

"네."

마모리가 공손한 태도로 응대하자 미우라는 흡족해하며 선선히 물러났다. 이윽고 통통한 배를 실룩거리며 복도 저 멀리 사라졌다.

후루타, 고가네이에 이어 미우라에게까지 세 번이나 본심을 억누른 마모리는 가슴속에 돌덩이가 턱턱 쌓여가는 기분이었다. 갑자기 두통도 심해진 것 같아 이마를 누르며 고개를 푹 떨궜다.

"아, 집에 가서 자고 싶다."

이불에 들어가 봤자 다시 짜증이 일면서 신경이 뾰족뾰족 곤두설 테고 오늘 밤도 숙면은 물 건너간 듯하지만 그렇기에 더욱 간절했다.

"그러니까, 이직하는 게 낫다고 내가 몇 번을 말했어? 너 그러다 쓰러져!"

"이직이라."

퇴근길, 지하철역 승강장에서 전철을 기다리면서 마모리는 의자에 앉아 친구인 요시다 마토이와 통화를 했다. 벌써 밤 10시가 다 되어 주변이 캄캄했다. 이 시간까지 야근하는 일이 하도 흔해서 마모리는 막차를 잡으려 허겁지겁 뛰지 않아도 된다는 사실만으로도 감지덕지했다. 맡고 있는 이벤트에 따라 근무 시간은 들쭉날쭉했지만 정시에 퇴근한 적은 손에 꼽을 정도였다.

'막차를 놓치면 회사에서 뭔가 조치를 취해주긴 하려나. 우리 회사는 그런 거 꿈도 못 꾸겠지.'

잠깐 멍하니 딴생각을 하는데 스마트폰 너머로 마토이가 "도대체가…… 앗, 큰일 났다!" 하고 갑자기 소리를 질렀다.

"왜, 왜 그래?"

"목소리가 컸는지 첫째가 칭얼대서. 원래 잠투정이 심한 편은 아닌데……. 그래도 다행히 다시 새근새근 자네."

"미안, 마토이. 애들 보느라 정신없을 텐데."

"내가 전화한 거니까 신경 쓰지 마. 마침 둘 다 일찍 잠들어서 전화한 거야. 문자보다는 전화가 편해서 그래."

그렇게 말하면서도 마토이는 목소리를 한껏 낮췄다.

마모리와 마토이는 중고등학교 시절 같은 배구부 동아리에서 활동했다. 고등학교를 졸업한 뒤로 진로는 달라졌지만 지금까지도 연락을 주고받으며 친하게 지내고 있다. 마토이는 전문대학을 졸업한 뒤 소개팅 앱에서 만난 상대와 곧바로 결혼했다. 남편은 시청에 다니는 공무원으로 결혼식에서 딱 한 번 얼굴을 봤을 뿐이지만 꽤 성실해 보였다. 마토이는 아이도 일찍 생겨서 지금은 세 살과 두 살, 두 아이의 엄마가 됐다.

학창 시절부터 마모리는 활기 넘치고 명랑한 마토이가 부러웠다. 배구부에서도 늘 벤치 신세를 면치 못했던 마모리와 달리 마토이는 항상 주전으로 뛰었다. 오랫동안 남자친구가 없었던 데다가 이제는 회사의 노예가 된 마모리에게는 일찌감치 결혼해 가정을 꾸리고 육아도 척척 해내는 마토이가 눈부셔 보였다.

"그래서, 무슨 얘기 하고 있었지?"

"불면증인 것 같아서 힘들다는 얘기랑 그건 회사 때문이니까 그만둬야 한다, 뭐 그런 얘기?"

불면증이라 말하긴 했지만 병원에서 정식으로 진단받은 건 아니었고 수면제 따위에 의존하고 있지도 않았다. 원인이 너무도 빤했기 때문이다.

"그래, 그거. 회사에 그렇게까지 집착할 필요가 있느냔 말이지, 내 말은. 그만두면 바로 잠이 쏟아질걸."

마토이의 말이 백번 옳아서 마모리는 또 한숨을 푹 내쉬었다. 반대편 승강장에 열차가 도착한다는 안내 방송을 들으며 자신이 이 회사에 집착하는 이유를 떠올려 봤다.

애당초 왜 이 회사에 취직했을까.

취업 준비를 하다가 이렇다 할 목표도 미래에 대한 전망도 없이 그저 막연하게 이벤트 기획사라면 재밌을 것 같다고 가벼운 흥미를 느꼈던 게 계기라면 계기였다.

'맞아. 이벤트 관련 일을 하다 보면 언젠가 내가 좋아하는 가수의 라이브 공연을 직접 기획할 수도 있을 거라고 꿈꿨지.'

마모리는 어렸을 때부터 팝송을 좋아했다. 특히 한 외국 여성 가수의 열렬한 팬이었는데, 데뷔한 지 꽤 된 그 가수는 일본 공연도 여러 차례 할 만큼 일본 내에 골수팬이 많았다.

'발라드가 정말 끝내줬지. 학교 다닐 땐 매일 들었는데 요즘은 음악이란 걸 찾아 들어본 지도 오래구나.'

엉뚱한 동기로 이벤트 기획사에 취직하고 싶다고 소망했지만 아쉽게도 대형 기획사는 다 떨어졌고 유일하게 붙은 곳이 지금의 회사였다. 그래도 합격했을 땐 바라던 분야에서 일할 수 있게 되었다며 무척 기뻐했다.

막상 입사하고 보니 큰 규모의 이벤트를 기획하는 일은 거의 없었다. 자잘한 세미나나 지역 행사를 기획하는 게 고작이었지만 직접 준비한 이벤트가 유익하고 재밌어서 참가자들이 즐겁게 참여할 수 있다면 이 또한 보람 있는 일이라고 자부했다. 딱 1년 차까지는 말이다.

'까놓고 말하면 난 어디까지나 잔심부름꾼에 불과하잖아. 기획을 직접 맡은 적도 없고 말이야.'

몰려드는 잡무에 치여 야근과 휴일 근무를 밥 먹듯 했다. 이벤트 기획사는 보통 교대근무제인데, 세상 사람들이 모두 다 쉬는 날일수록 일이 많고 바빴다. 자잘한 문제가 수시로 터져서 수습하러 뛰어다니는 게 일상다반사였고 진상 고객의 불합리한 요구도 끝이 없었다. 회사의 장점은 눈 씻고 찾으려야 찾을 수가 없었고 월급은 쥐꼬리만 한 데다가 악랄한 선배, 성가신 동료, 귀찮은 상사 3종 세트가 한데 모여 있었다.

"어떡하지, 마토이. 이직하는 게 낫겠지?"

"두말하면 잔소리지."

"근데 지금은 그만둘 기력도 없어."

무슨 일이든 새로 시작하려면 에너지가 드는 법이다. 퇴사 또한 마찬가지다. 지금 마모리는 사고력이 둔해져 머리가 잘 돌아가지 않았다. 매일 아침 출근해 익숙한 업무를 기계처럼 해내는 게 고작이었고 새로운 일을 계획할 여유나 기력 따위는 털끝만큼도 남아 있지 않았다. 스트레스로 생긴 불면증에 시달리느라 쳇바퀴 돌듯 똑같은 나날을 꾸역꾸역 버텨내기도 벅찼다.

"아, 그만! 됐으니까 넌 일단 잠 좀 자!"

답답해 미치겠다는 듯 마토이가 소리 지른 순간 "으앙!" 하고 전화기 너머로 아기 울음소리가 들렸다. 마모리에게 잠 좀 자라고 외치는 소리에 아이는 잠이 깨버린 모양이었다.

"미안, 끊을게!"

"아, 그래! 남편이랑 애들한테 안부 전해줘."

"알았어. 언제 한번 밥이나 먹자. 주말에는 나갈 수 있으니까. 아유, 우리 아기 착하지. 코 자자!"

아이를 어르는 소리와 함께 통화는 뚝 끊겼다. 시간을 확인했더니 전철이 도착하려면 몇 분 더 기다려야 했다. 마모리는 폭이 좁은 정장 바지의 구겨진 무릎 부분을 손으로 탁탁 치고는 스마트폰을 집어넣으며 일어섰다.

운전면허를 따긴 했지만 차가 없어서 출퇴근은 전철을 이용했다. 가끔 회사 차를 운전하는 일이 있으니 장롱면허는 아니라고 스스로에게 변명해 본다. 자가용을 사는 게 꿈이지만 저축한 돈을 아무리 셈해도 아직 먼 미래의 일이었다.

"덥네."

계절은 8월 하순. 여름의 열기를 머금은 미지근한 바람이 승강장을 맴돌다 떠났다. 가을이 오려면 아직 더 기다려야 하려나.

이벤트 업계에도 일이 몰리는 성수기가 있는데 8월 말부터 가을까지는 축제와 각종 행사가 정신없이 몰아치는 시기여서 이런 몸과 마음으로 과연 버텨낼 수 있을지 불안했다. 찐득찐득한 더위와 함께 이직이라는 단어가 마모리의 마음속에 착 달라붙었다.

"아, 왔다."

전철은 제시간에 도착했다. 회사원으로 보이는 남자가 어느샌가 옆에 다가와 서 있었다. 그 남자는 마모리와 같은 칸에

탔는데, 이 시간대에 전철 타는 일이 많은 마모리가 처음 보는 남자였다. 20대 후반에서 30대 초반쯤 됐을까, 마른 몸에 선한 인상이었지만 다크서클이 짙었고 양복도 여기저기 구김이 가 있었다. 마모리는 남자 또한 자기와 같은 처지임을 바로 알아봤다.

'이 사람도 매일 밤 뒤척이며 잠 못 들고 있겠군. 인생에 고민이 많겠는걸.'

전철 안이 한산해서 어렵지 않게 자리를 잡은 마모리는 의자에 몸을 기댄 채 죽은 듯 앉아 있는 맞은편 남자를 홀끔홀끔 쳐다봤다. 보면 볼수록 얼굴빛이 심각했다. 피로에 지친 회사원의 전형적인 모습이었다. 자각하지 못했을 뿐 마모리의 얼굴도 비슷할 터였다.

'잠을 못 자서 그런가. 조금만 흔들려도 어지럽네.'

남자에게서 시선을 거두고 잠깐이라도 눈을 붙여야겠다 싶어 눈을 감았는데 어느 순간 까무룩 잠이 들었다. 흠칫 놀라 얼굴을 들었더니 남자는 사라지고 없었다. 게다가 내려야 할 역에서 한 정거장 지나치고 말았다.

"악, 어떡해!"

마모리는 새파랗게 질려서 다음 역에 도착하자마자 허둥지둥 내렸다. 역 이름은 익숙했지만 낯선 승강장을 보니 울고 싶었다. 반대 방향 전철을 타고 돌아갈까, 한 정거장이면 걸어갈 만한 거리이니 그냥 걸어갈까, 잠시 망설이는데 배에서 꾸르륵하고 엄청난 소리가 났다.

하루 종일 입에 넣은 거라곤 점심에 먹은 빵 하나가 전부였다. 컨디션은 엉망이어도 배고픔을 호소하는 기능은 제대로 작동하고 있으니 그나마 다행이라 여겨야 할까. 마모리는 배를 쓱 문질렀다.

"이쪽엔 처음 와보는데, 문을 연 식당이 있으면 먹고 들어갈까."

혼자 사는 집에 돌아가 봤자 먹을 만한 게 있을 리 없었고 일찍 잠자리에 든들 어차피 잠도 안 올 테니 가끔은 한밤의 외식도 괜찮겠다 싶었다.

'그런데 이 시간에 문을 연 가게가 있으려나.'

역에서 나와 큰길 쪽으로 걸음을 뗐지만 영업 중인 가게라곤 평일이라 한가해 보이는 선술집과 왠지 들어가기 껄끄러운 분위기의 고급 바뿐이었다. 마모리는 술이 약한 편도, 그렇다고 센 편도 아니었지만 어쨌든 술을 그다지 좋아하지 않았다. 내일도 여지없이 아침 일찍부터 일을 해야 할 텐데 수면 부족에 음주라니 위험천만한 조합이었다. 술은 됐고 밥을 먹고 싶은데 패밀리레스토랑이나 라멘 가게가 마음 편할 것 같았다.

'담백한 라멘이나 먹고 싶은데. 흠, 라멘 가게도 없는 것 같네. 그냥 편의점에나 들를까?'

기웃거리며 걷다 보니 어느새 큰길을 벗어나 어둑어둑한

골목으로 접어들었다. 거리는 한적하고 고요했다. 여자 혼자 이런 밤길은 아무래도 무서웠다. 돌아서려는데 앞쪽의 희미한 불빛이 마모리의 눈길을 끌었다.

"가게인가?"

잘 찾아보면 이런 곳에도 가게가 있구나.

왠지 모르게 마음이 끌려 마모리는 돌아서려던 발길을 다시 돌려 그대로 앞으로 걸어갔다.

골목 모퉁이에 오두막집처럼 생긴 아담한 이층집이 덩그러니 자리 잡고 있었다. 희끄무레한 벽에 색이 바랜 빨간 문. 유럽의 오래된 집처럼 자연석을 쌓아 올려 만든 지붕이 어둠 속에서도 독특한 운치를 자아냈다. 크고 네모난 창문으로 새어 나오는 옅은 오렌지색 불빛이 시선을 잡아끌었던 모양이었다.

마치 그림책 속에서 빠져나온 듯 예쁘고 사랑스러운 카페였다. 문 옆 벽에 붙은 랜턴 모양 조명 아래 입간판이 놓여 있었는데 까만 칠판에 동글동글한 글씨로 '푹 자요 카페'라고 쓰여 있었다. 문손잡이에 'OPEN'이라고 적힌 팻말이 걸린 걸 보니 영업 중인 모양이었다.

"밤중에 문을 연 카페도 있네. 심야 카페인가."

요즘은 술자리가 끝나고 2차로 술집이나 고급 바에 가기보다 술도 깰 겸 카페를 찾는 손님이 늘었다고 한다. 그래서 그런지 술집이 몰려 있는 거리에도 밤늦게 문을 여는 카페가 꽤 있었다. 텔레비전에서 특집으로 다루는 걸 마모리도 본 적이 있었다.

잠을 통 못 자는 마모리는 '푹 자요'라는 카페 이름에 사로 잡혀 홀린 듯이 카페 안으로 발을 들였다. 문에 달린 방울이 딸랑딸랑 경쾌하게 울렸다.

'와, 카페 내부도 예쁘다.'

차분한 질감의 목재 벽이라 공간이 참 아늑하게 느껴졌다. 자리는 나뭇결무늬 탁자에 의자가 놓인 테이블석 두 개와 세 명이 앉을 수 있는 카운터석이 전부였다. 안쪽에는 파키라로 보이는 관엽식물을 심은 큰 화분이 놓여 있었다. 눈을 편하게 해주는 초록빛 색감이 카페의 분위기와 잘 어울렸다. 한쪽에 있는 나선계단을 통해 2층으로 올라갈 수도 있는 모양이었다. 천장에 매달린 왕관을 본뜬 앙증맞은 조명 덕에 분위기가 한 층 아기자기했다.

'아, 음악도 흐르네.'

귀를 기울이니 피아노 선율이 조용히 밀려왔다. 마모리도 들어본 적 있는 유명한 클래식 곡이었다. 제목은 도무지 생각나지 않았지만 부드럽고 잔잔한 곡조에 마음이 몽글몽글해졌다.

'아, 분위기 너무 좋다.'

마모리는 분위기에 젖어 오도카니 서 있었다.

옛날부터 이런 숨은 카페가 좋았다. 카페에 가만히 머물러 있기만 해도 마음이 들뜨고 신나서 학창 시절에는 알려지지 않은 카페를 일부러 찾아다니곤 했다. 요즘은 주말이면 집에 처박혀 시체처럼 누워 지내느라 카페라는 곳을 가본 지도 오래됐지만 말이다.

"앗, 손님! 손님!"

마모리는 퍼뜩 정신을 차렸다.

어린 여자아이 목소리 같은데 직원인가.

하지만 이리저리 둘러봐도 목소리의 주인공은 보이지 않았다.

"수, 수플레! 손님에게는 안녕하세요, 또는 어서 오세요, 하고 인사부터 해야지. 마스터가 가르쳐줬잖아!"

"뭐야, 타르트. 나도 지금 말하려고 했단 말이야!"

"그러다가 모처럼 찾아온 손님이 그냥 가버리면 어떡해."

"잔소리는. 다시 하면 되잖아, 다시!"

남자아이 목소리가 더해지자 마모리는 목소리가 어디서 들리는지 드디어 찾아냈다. 바닥 쪽으로 고개를 숙이니 그곳에 그들이 있었다.

도저히 믿기지 않는 상황에 마모리는 벌어진 입을 다물 수 없었다.

"어서 오세요, 푹 자요 카페입니다!"

봉제 인형 둘이 사이좋게 입을 모아 환영해 주었다.

30센티미터쯤 되는 키의 인형들이 양팔을 벌린 채 두 발로 서서 플라스틱으로 만든 검은 눈동자로 마모리를 올려다봤다.

"인, 인형……?"

여자아이 목소리의 주인공은 연분홍색 토끼였다. 보드라운 소재의 천으로 만들어진 토끼 인형은 길쭉한 오른쪽 귀만 노란색 체크무늬로 되어 있었다. 하늘색 치마에 나풀거리는 새하얀 앞치마를 두른 모습이 웨이트리스 같았다.

남자아이는 테디베어처럼 생긴 곰이었다. 몸 전체가 갈색이었는데 오른쪽 귀만 빨간 체크무늬였고 웨이터처럼 조끼를 입었다.

"뭐지, 최첨단 접객 로봇인가?"

마모리는 쪼그려 앉아 인형들과 눈을 맞췄다. 토끼를 수플레, 곰을 타르트라고 부르는 것 같았다.

"손님이 깜짝 놀랐잖아!"

"어떡하지. 손님을 맞이하는 게 영 어설펐나 봐."

표정은 없었지만 수플레와 타르트의 말과 행동에서 풍부한 감정이 고스란히 느껴졌다. 로봇이 아니라 마치 영혼이 깃든 인형 같았다.

'어쩌면 나는 아직 전철 안에 있고, 잠깐 눈만 붙이려다가 그대로 잠이 들어서 지금 꿈을 꾸는 건지도 몰라.'

전철에 탄 뒤로 시간이 멈췄는지도 모른다. 그런 생각에 가방에서 스마트폰을 꺼내 시간을 확인해 보려 했다.

"앗!"

마모리는 새까만 화면을 내려다봤다. 어찌 된 일인지 전원이 꺼져 있었다. 전원 버튼을 눌러도 꿈쩍도 안 했다.

"어떡해."

마토이랑 통화할 때만 해도 멀쩡하게 작동했고, 배터리도 충분했다. 그사이 고장 났을 리는 없었다. 하지만 인형들은 무슨 상황인지 몰라 어리벙벙한 마모리에게는 신경도 쓰지 않고 자기들끼리 한참을 토닥거리더니 이윽고 타르트가 "마스터, 손님 왔어요!" 하고 카운터 쪽을 향해 외쳤다.

카운터 안쪽 벽에 세워진 진열장엔 찻잔, 접시 등의 식기가 빼곡했다. 외국에서 사 온 듯한 식기도 많아서 마치 전 세계의 미술품을 한자리에 모아놓은 전시장 같았다. 찻잎을 담은 병들도 저마다 개성 있고 멋스러웠다.

진열장 옆으로 안쪽과 이어지는 문이 있었는데 직원 전용 공간처럼 보였다. 그때 갑자기 그곳에서 사람이 불쑥 문을 열고 나왔다.

"손님? 자, 잠깐만, 앞치마 끈이 엉켰어!"

우당탕탕.

마모리와 비슷한 또래의 남자가 요란스레 등장했다.

남자는 인형이 아닌 진짜 인간이었다.

'언뜻 보기엔 잘생겼는데 말이지.'

키가 크고 호리호리한 남자였다. 성인 여자 중에서는 키가 큰 축에 속하는 마모리보다도 20센티미터는 더 커 보였다. 흰 셔츠에 회색 바지, 허리에 두른 긴 진갈색 앞치마가 아주 잘 어울렸다. 반듯한 얼굴에 연갈색 눈동자가 맑고 투명했으며 가늘고 윤기 나는 황금색 머리칼이 민들레 솜털처럼 너울거렸다.

남자가 등장하자 공기마저 온화하고 부드러워지는 듯했다. 앞치마 끈 매듭이 얼기설기 뒤엉킨 점만 빼면 모든 게 완벽해서 못내 아쉬웠다.

"죄송합니다. 손님이 오는 일이 거의 없어서 마음 놓고 있었네요."

"네? 네."

손님이 없다니, 가게가 제대로 운영이 될까 하고 걱정하다가 애초에 인형이 직원이라는 점부터가 이상하다는 데 생각이 미쳤다.

그래, 이건 꿈이야, 꿈일 거야, 그렇게 되새기면서 마모리는 이것저것 따지기를 그만뒀다.

"자, 편하신 자리에 앉으세요. 메뉴는 바로 준비할 수 있습니다."

남자가 권하는 대로 가까운 테이블에 자리를 잡았다. 타르트가 솜으로 채워진 짧은 양팔로 의자 다리를 끙끙대며 끌어 주었다.

"고, 고마워."

"아이고, 별말씀을. 전 웨이터잖아요!"

흐흠, 하고 우쭐대는 타르트가 귀여워 마모리의 입꼬리가 쓱 올라갔다. 잠을 못 자 머리가 멍해진 탓인지 이상한 일투 성이인 카페에도 쉽게 적응이 됐다.

"메뉴판입니다!"

말 모양 인형이 등에다 메뉴판을 얹고 날아왔다. 새하얀 몸에 연보랏빛 갈기와 날개가 달렸고 머리에 뿔이 난 걸 보니 어쩌면 유니콘일 것이다. 유니콘은 네 발로 걸어 다니는 게 아니라 말 그대로 공중을 훨훨 날아다녔다.

'이건 꿈이니까 이것저것 따져봐야 소용없지. 그래, 소용없어! 유니콘이잖아, 당연히 날아다니지.'

마모리는 그렇게 자신을 설득했다.

"등에 있는 메뉴판 가져가세요."

"아, 응. 네 이름은……."

"보네입니다."

말투가 느릿느릿한 유니콘 인형의 이름은 보네라고 했다. 자수로 수놓은 눈이 꼭 감겨 있었다. 타르트, 수플레와 달리 옷은 입지 않았고 목에만 파란 체크무늬 나비넥타이를 달았다.

마모리가 코팅된 메뉴판을 받아 들자 보네는 "메뉴 정하시면 불러주세요!" 하고 뿔을 숙여 인사했다. 날개를 펄럭이며 날아가는 모습이 무척 몽환적이었다.

'이런 판타지스러운 꿈을 꾸다니, 나도 참 어지간히 정신이 나갔나 보다.'

정신적인 위기감을 느끼며 마모리는 손 글씨로 쓰인 메뉴판을 들여다봤다. 마스터가 직접 썼는지 글씨가 동글동글 귀여웠다.

'가격이 안 적혀 있는 게 좀 걸리지만 메뉴는 대체로 평범한…… 아, 아닌가?'

커피, 라테 등의 음료와 샌드위치 종류의 가벼운 식사 메뉴가 사진도 없이 글자로만 쭉 나열되어 있었다. 여느 카페들과 다를 바 없는 구성이다 싶었는데 메뉴판 하단 굵은 테두리 안의 독특한 세트 메뉴가 눈에 들어왔다.

"'잘 자요 세트'는 뭐지?"

발밑에서 수플레가 귀를 팔락거리며 재빨리 대답했다.

"손님의 상태에 맞춘 가벼운 식사와 음료 세트예요. 서비스로 선물도 드려요. 마스터 특선 코스죠."

"오늘의 추천 메뉴 같은 건가?"

'잘 자요'라는 세트명은 카페 이름 '푹 자요'와도 관련 있는 걸까.

"대충 비슷해요."

수플레가 얼렁뚱땅 받아넘겼다.

"저희 카페에 흘러들어 오셨으니 손님도 밤에 잠을 잘 못 주무시나 봐요. 그렇다면 '잘 자요 세트'가 딱이에요."

"흘러들어 오다니, 그게 무슨 말이야?"

"자, 메뉴 정하신 거죠?"

탁! 하고 양손을 마주치며 수플레는 카운터 쪽으로 서둘러 가버렸다. 메뉴는 처음부터 정해져 있었던 모양이다.

수플레가 한 말이 궁금해 타르트나 보네에게 물어보려 했지만 타르트는 "물 준비, 물 준비!" 하고 외치며 분주히 카운터 너머로 사라졌고 보네는 "가방은 발밑 바구니에 두세요" 하고 직물로 짠 바구니를 가리키고는 공중을 하늘하늘 떠다녔다.

'어차피 꿈인데 뭐 어때.'

마모리는 호기심을 거두고 의자에 등을 기댄 채 피아노 선율에 귀를 기울였다. 그러고 보니 대학을 졸업하고 회사에 갓 입사한 반짝반짝 빛나던 신입 시절에 처음으로 참여한 이벤트 기획 업무가 지역 출신 피아니스트의 크리스마스 미니 콘서트였다. 상업 시설 한 모퉁이를 빌려서 개최했는데 규모는 대개 그렇듯 자그마했다.

기획에 참여했다고는 하지만 마모리가 맡은 일은 잔심부름이나 다를 바 없었다. 그래도 그때까지는 후루타가 아직 멋지고 듬직한 선배였고 미우라도 지금처럼 잔소리꾼 면모를 드러내지 않았으며 고가네이는 있지도 않았다.

전 세계인이 쉬는 크리스마스에 일을 해야 한다며 투덜대는 직원도 물론 많았다.

"이 일이 원래 그런 일이라는 건 잘 알지만 다들 신나게 휴일을 즐기는 걸 보면 내가 대체 뭘 하고 있나 싶어, 흠."

후루타도 쓴웃음을 지으며 툴툴댔다. 하지만 마모리는 달랐다. 크리스마스를 같이 보내고 싶은 사람이 없다는 안타까운 사정도 있었지만 오히려 세상 사람들이 모두 가슴 설레며 기다리는 날에 그 사람들에게 기쁨을 주기 위해 보이지 않는 곳에서 묵묵히 일한다는 사실이 뿌듯했다. 무대 뒤에서 흐뭇한 마음으로 공연을 지켜보면서 문득 이 일이야말로 자신의 천직일지도 모른다고 생각했다.

'뭐가 천직이야, 바보같이.'

혼자 머쓱한 기분에 잠겨 있는데 타르트가 차가운 유리잔이 놓인 쟁반을 들고 뒤뚱뒤뚱 걸어왔다. 고운 빛깔의 베네치아 유리잔은 한눈에도 값비싸 보였다. 당장이라도 떨어뜨려 깨지지는 않을까 마모리는 조마조마했다.

"괘, 괜찮아?"

"네, 괜찮아요!"

대답은 시원시원했지만 손놀림은 위태위태했다.

가게가 문을 연 지 얼마 안 됐는지 음식을 나르는 인형들의 움직임도 어설펐다. 타르트는 테이블까지 간신히 걸어와 짧은 팔을 부들부들 떨면서 "여기요!" 하고 마모리에게 쟁반을 건넸다. 마모리는 고맙다고 말하며 유리잔을 받았다.

'상큼한 과일 맛이 은은하게 퍼지는 게 술술 넘어가네.'

물에선 레몬이나 자몽 같은 감귤류 맛이 났다. 그 덕분에 밖에서 흘렸던 땀이 싹 씻겨나가며 기분이 개운해졌다.

이번에는 마스터가 직접 타르트가 가져왔던 것과 똑같이

생긴 쟁반에 음식을 내왔다.

"식사 나왔습니다. 오늘 밤의 '잘 자요 세트'예요."

마스터는 수프가 가득 든 하늘색 도자기 그릇과 코르크 재질의 냄비 받침 위에 올려진 볼이 깊은 빨간 그라탱 그릇을 마모리 앞에 놓았다. 베네치아 유리잔도 그렇고, 그릇 하나하나에서도 세심하게 고르고 소중히 다뤄온 흔적을 엿볼 수 있었다.

"맛있겠다."

따끈따끈한 그라탱 그릇에서 노릇하게 구워진 치즈와 화이트소스가 보글보글 끓었고 새우, 가리비 등의 어패류 향이 풍겨 나와 코끝을 간질였다. 콩소메를 기본 육수로 만든 수프에는 소힘줄, 양배추, 대파, 당근 등의 재료가 듬뿍듬뿍 들어 있었다. 잠시 잊고 있던 허기가 밀려와 마모리는 침을 꿀꺽 삼켰다.

"치즈가 담뿍 든 해산물 그라탱과 소힘줄 야채수프입니다. 둘 다 뜨거우니 조심해서 드세요."

스푼과 포크가 든 라탄 바구니를 살며시 내려놓으며 마스터가 수줍게 웃었다. 잘생긴 외모와 달리 빈틈 많고 어리바리한 마스터의 모습에 마모리는 긴장이 스르르 풀렸다.

"잘 먹겠습니다."

마모리는 나무 스푼을 손에 쥐고 그라탱 그릇에 담긴 껍질이 발라진 새우를 소스와 함께 푹 떴다. 치즈가 쭉 늘어나며 따라 올라왔다. 후후 불어 식히고서 조심조심 입으로 가져갔다.

'꿈인데…… 진짜 맛있다!'

치즈와 화이트소스의 깊고 부드러운 풍미와 새우의 탱글탱글한 식감이 만들어내는 절묘한 조화가 환상적이었고 입속 가득 퍼지는 은은한 감칠맛 또한 훌륭했다. 이어서 먹은 수프도 흐물흐물할 정도로 폭 익힌 소힘줄과 채소의 깊은 맛이 콩소메의 기본 맛과 잘 어우러졌다.

마모리는 그라탱과 수프의 황홀한 맛에 마음이 사르르 녹아내렸다. 까칠까칠하게 튼 입술 사이로 와, 하고 탄성이 절로 새어 나왔다.

"최고예요. 정말 감동적인 맛이에요."

"아, 다행이다."

싱글벙글 흐뭇해하는 마스터와 어느샌가 테이블 주위에 모여든 인형들이 지켜보는 가운데 마모리는 한 입 두 입 꿀꺽꿀꺽 넘기며 쉼 없이 입을 움직였다. 그러자 마스터는 마치 그림책을 읽는 듯한 나긋나긋한 목소리로 '잘 자요 세트'라고 이름 붙인 이유를 들려줬다.

"아미노산의 일종인 글리신은 수면의 질을 높여주는 역할을 해요. 그라탱에 들어간 새우와 가리비 등의 어패류, 수프에 들어간 소힘줄에는 글리신이 아주 풍부하답니다."

'잘 자요 세트'는 편안한 수면을 도와주는 음식들로 짜여 있었다. 수면 부족인 이누이 씨에게 딱 알맞은 음식일 거라고 마스터가 무심한 말투로 덧붙였다. 마모리는 놀라서 스푼을 든 손을 뚝 멈췄다.

"제 이름을 어떻게……?"

"앗! 사원증을 보고 그만."

"사원증이요?"

고개를 숙여 가슴 쪽을 내려다봤다. 이곳에 오는 동안, 그리고 지금까지도 마치 몸의 일부처럼 사원증을 목에 떡하니 걸고 있었던 것이다. 사원증에는 회사명과 이름이 커다랗게 쓰여 있었다. 회사 규정상 사원증은 근무 중에만 착용해야 하고 퇴근할 땐 출퇴근 카드가 든 상자에 반납해야 했다.

'어떡해!'

수치심에 얼른 사원증을 빼서 업무용으로 들고 다니는 가방에 쑤셔 넣었다. 사원증을 목에 건 채 싸돌아다녔다는 창피함과 미우라에게 들켰다가는 내일 또 불려 가 한바탕 설교를 들어야 한다는 절망감에 기운이 쏙 빠졌다. 창피를 당한 것도 서러운데 덤으로 잔소리까지 듣게 생겼다.

모든 게 다 잠을 못 자서 생긴 주의력 부족 때문이었다. 마모리가 의기소침해 있자 마스터는 더더욱 어쩔 줄 몰라 하며 머리를 조아렸다.

"죄, 죄송합니다. 갑자기 이름을 불러서 불쾌하셨죠?"

"아니요, 그게 아니라……."

"연습한 대로 좀 더 정중하게 손님을 응대하려 했는데 어렵네요.”

마모리보다 더 침울해하는 마스터에게 수플레가 다가가 발을 톡톡 두드리며 “힘내요, 다음에 잘하면 되잖아요” 하고 위로했다. 타르트도 안절부절못하는데 보네만 아랑곳없이 느긋하게 훨훨 날아다녔다.

반전 매력이 가득한 잘생긴 마스터와 왁자지껄 소란을 떠는 모습조차 귀여운 인형들을 보고 있자니 마모리의 입가에 다시 웃음이 살포시 번졌다. 배가 부르니 마음도 느긋해져서 그런 걸까. 쿡쿡 웃음이 터졌다.

‘오랜만에 억지웃음이 아니라 진짜로 웃었네.’

그런 마모리에게 마스터는 “죄송합니다, 이누이 씨. 앗!” 하고 연거푸 이름을 부르고는 또 어쩔 줄 몰라 쩔쩔맸다.

“제가 또…….”

“괜찮아요. 이왕 부르실 거면 성이 아니라 이름으로 불러주세요. 성으로 부르면 왠지 회사에 있는 기분이 들어서요.”

요즘엔 회사에서 누군가가 이누이의 ‘이’ 자만 꺼내도 짜증이 확 치밀었다. 이 정도면 중증이 아닐까. 모처럼 치유되는 공간에 왔으니 지금 이 순간만큼은 평화로운 시간으로 온전히 채우고 싶었다.

“그럼, 마모리 씨라고 부르면 될까요?”

이름을 머뭇머뭇 부르는 마스터에 질세라 인형들도 “마모리 씨!”, “마모리 씨, 마모리 씨, 기억해 둘게요!”, “마모리 씨!” 하고 너도나도 마모리의 이름을 외쳐댔다. 그런 상황이 낯간지러워 마모리는 수줍게 웃었다.

“저도 기억해 둘게요. 수플레, 타르트, 보네…… 마스터는 뭐라고 부르면 될까요?”

“저요? 제 이름은…… 윽!”

“어?”

단지 이름을 물어봤을 뿐인데 마스터는 이마를 짚으며 고통스러운 표정을 지었다. 금방이라도 쓰러질 듯 비틀거리는 마스터를 보고 마모리는 너무 놀라 목소리를 높였다.

“왜 그러세요? 어디 안 좋으세요?”

“아니요, 괜찮습니다. 제 이름은…… 말이죠.”

인형들은 마스터를 떠받치듯이 그의 몸에 착 달라붙었다. 마치 마스터를 지키려는 모습처럼 보였다.

‘내가 뭔가 이상한 질문을 했나?’

“하나비시…… 하나비시 가에데입니다.”

마스터는 심호흡을 두어 차례 하고 난 뒤 불안해하는 마모리를 바라보며 이름을 말했다.

“성은 꽃 화花에 마름 릉菱 자를 써서 하나비시花菱, 이름에도 식물이 들어가는데 단풍나무 풍楓 자를 써서 가에데라고 합니다, 아마도.”

“아마도?”

자기 이름인데 왜 남의 이름 알려주듯 모호하게 말할까. 가에데의 말과 행동이 왠지 수상쩍었지만 마모리는 곧 고개를 절레절레 흔들었다.

'맞아, 이건 꿈이지. 꿈이니까 무슨 일이든 일어날 수 있어.'

마음을 가라앉히며 마모리는 "가에데 씨" 하고 불러봤다. 그러자 마스터, 그러니까 가에데가 "네" 하고 상냥하게 대답했다.

이름을 서로 주고받았더니 왠지 더 친밀해진 기분이 들었다. 가에데가 식사를 마친 식기를 정리했다.

"마모리 씨는 이 시간까지 일하신 거예요?"

"네, 게다가 전철을 탔는데 내릴 역을 지나쳤어요."

"참 힘드시겠네요. 수면 부족에 시달릴 정도로 일을 하다니 정말 고생 많으셨습니다."

아무런 가식도 없는 순수한 위로에 마음이 울컥했다. 인형들도 "고생이 참 많아요", "정말 열심히 사시네요", "멋져요" 등등 손뼉을 쳐가며 칭찬하는 바람에 눈물샘이 아주 쉽게 터지고 말았다.

'회사에서나 집에서나 위로받은 적도, 칭찬받은 적도 없는데!'

어른에게도 칭찬과 위로는 참 소중했다.

"아니에요, 전 정말 한심한 인간이에요."

하지만 일과 사람에 치이느라 자존감이 쪼그라들 대로 쪼그라든 마모리는 칭찬을 순순히 받아들이지 못하고 눈가를 꾹꾹 누르며 한탄했다.

"작은 이벤트 기획사에 다니는데 회사 생활이 정말 끔찍해

요. 상사한테 갑질 비슷한 일을 당하는데도 불평 한번 못 해
요. 입사 1년 차에는 그래도 의욕이 넘쳤는데 이젠 다 사라졌
어요. 친구도 이직하라고 권하고.”

“이직하고 싶으세요?”

“글쎄요. 그런 걸 고민하는 일조차 버거워서 불만이 가득한
데도 그냥 손 놓고 있어요. 진짜 한심하죠.”

“그렇지 않아요.”

가에데는 다정하지만 단호하게 마모리의 말을 부정하며 타
르트에게 뭔가를 부탁했다. 타르트는 고개를 까딱거리더니
성큼성큼 뛰어갔다. 가에데가 정리한 접시는 보네가 받아 “이
얍!” 하고 외치며 등에 짊어졌다. 균형 감각이 어찌나 탁월한
지 무거운 접시를 지고서도 가뿐히 날아갔다.

“주어진 일을 착실히 해나가면서 한편으로는 앞으로 어떻게
살지 열심히 고민하시잖아요. 그것만으로도 마모리 씨는 훌륭
해요. 마모리 씨에게 필요한 건 천천히 생각할 시간이에요.”

“생각할 시간이라…….”

“그러기 위해서라도 우선은 잠을 푹 자면서 머리를 쉬게 해
줘야 해요.”

가에데가 다정하게 미소 지으며 말을 잇는데 타르트가 스
르륵 스르륵 발을 끌면서 돌아왔다. 이번에도 쟁반에 음료를
올려서 가져왔는데 차가운 유리잔을 들고 오던 모습에 금세
익숙해졌는지 아까처럼 위태롭지 않았다. 하얀 바탕에 청초

한 꽃 한 송이가 그려진 머그잔은 한눈에도 고급스러워 보였고 유리잔보다 안정적이었다.

"세트인 음료입니다!"

"이건…… 따뜻한 우유?"

머그잔을 받아 손에 쥔 마모리는 걸쭉한 우윳빛 음료를 들여다봤다. 모락모락 피어오르는 김에서는 우유 향에 더해 달콤한 향이 짙게 묻어났다.

"뭐지, 아주 익숙한 냄새인데."

"따뜻한 바나나우유입니다."

"그래! 바나나."

가에데가 대답하자마자 마모리가 바로 응수했다. 각도를 달리하며 보니 우유에서 바나나의 노란 빛이 언뜻언뜻 비쳤다.

"바나나에는 다양한 영양소가 풍부하게 들어 있어서 숙면을 취하는 데 큰 도움을 줘요. 따뜻한 우유와 같이 먹으면 기분이 편안해지면서 잠이 잘 온답니다."

"아, 그렇군요."

마스터치고는 왠지 어리바리해 보이는 가에데였지만 메뉴를 설명할 때만큼은 매우 진지해서 믿음이 갔다.

한 모금 천천히 마시자 몸이 스르르 풀리는 듯했다. 바나나의 담담한 단맛과 딱 알맞은 온도로 데운 우유가 아주 잘 어우러졌다. 식사부터 음료까지, '잘 자요 세트'는 너무나 완벽했다.

"아무튼 고민까지 들어주셔서 오늘 밤은 정말로 푹 잘 것 같아요."

텅 빈 머그잔을 테이블에 놓으며 마모리는 가방을 들고 일어섰다. 신기하게도 몸이 가벼웠다.

이 카페는 꿈속에 있는 거야, 나는 꿈을 꾸고 있어, 하고 되뇌면서도 어쩌면 현실일지도 모른다는 기대가 점점 커졌다. 꿈이라면 정말 행복한 꿈을 꾸었다며 설렐 만큼, 현실이라면 매일 찾아오고 싶을 만큼 마모리는 카페와 가에데, 인형들에게 큰 위안을 받았다.

"밤도 늦었고, 이제 슬슬 일어나 봐야겠어요. 얼마예요? 카드로 계산해도 될까요?"

이제 와서 새삼 수중에 현금이 얼마 없는 게 걱정됐다. 개인이 운영하는 가게는 여전히 현금만 받는 곳이 꽤 있었다. 그때 바닥에 있던 수플레가 조금 전까지 마모리가 앉아 있던 의자 위로 뿅 하고 뛰어올랐다. 토끼라서 그런지 앞치마를 팔랑나부끼며 깡충 하고 아주 높게 뛰었다.

"돈은 필요 없어요!"

수플레는 팔짱을 끼고 딱 부러진 어조로 잘라 말했다.

"지금 우리한텐 돈이 필요 없거든요."

"네? 그래도……."

"그렇죠, 마스터?"

수플레가 동의를 구하며 쳐다보자 가에데도 힘차게 고개를 끄덕였다.

"저희 카페는 지금 임시 영업 중이라 음식값은 안 내셔도 돼요. 오늘 밤 마모리 씨가 카페를 찾아주신 것만으로도 무척 기쁩니다."

드라마에서도 안 쓸 것 같은 닭살 돋는 대사에 마모리는 얼굴이 화끈거렸다.

"뭐야, 마스터. 지금 작업 거는 거야? 우리 마스터 선수였네."

"아, 저, 그런 게 아니라!"

"마스터는 얼굴만 잘생겼지 연애는 초보예요."

무례해 보이는 말도 은근슬쩍 아무렇지 않게 던지는 수플레의 넉살에 가에데는 또 얼굴을 붉히며 어쩔 줄 몰라 했다.

"그, 그럼, 오늘은 감사히……."

마모리가 얼른 상황을 수습하며 열었던 지갑을 닫았다. 괜찮다는데 억지로 돈을 쥐여주기도 뭐했다. 다만 만약 이곳에 다시 온다면 그땐 현금으로 낼 수 있게 미리 준비해야겠다고 속으로 다짐했다.

"마스터, 세트에 딸린 선물도 드려야죠!"

"앗, 맞다."

타르트가 양손을 살살 흔들며 말하자 가에데도 퍼뜩 생각난 듯 허둥대며 소리쳤다.

"여기 있습니다."

느긋해 보이지만 할 일은 꼼꼼히 챙기는 보네가 등에 뭔가를 얹고서 마모리 앞까지 날아왔다. 보라색 천으로 만든 사방 5센티미터도 안 되는 조그마한 주머니였다. 입구는 천과 똑같은 보라색 리본으로 묶여 있었는데 보네의 뿔과 갈기보다 짙은 보랏빛이었다.

"선물이라면 아까 수플레가 말했던 서비스인가요? 이건 뭐예요?"

"직접 만든 향주머니예요. 향이 참 좋아요."

가에데가 흥분을 가라앉히고 자세를 가다듬으며 알려주자 마모리는 손에 든 주머니를 코에 가까이 갖다 댔다. 우아하고 짙은 꽃향기가 났다.

"라벤더 향이네요. 마음이 차분해져서 저도 정말 좋아하는 향이에요."

"라벤더는 대표적인 아로마 식물이죠. 진정 효과가 있어서 초조감이나 불안감을 가라앉혀 준답니다. 잘 때 머리맡에 두면 좋아요."

"와, 이런 선물까지 공짜로 받아도 될까요?"

공짜 식사에 숙면을 배려한 선물까지 너무나도 극진한 대접에 마모리는 몸 둘 바를 몰랐다.

"그럼요, 물론이죠."

가에데가 생긋 웃으며 대답했다.

"어두우니 밤길 조심해서 가세요."

"정말 고맙습니다."

"인사는 안 하셔도 돼요. 이곳은 원래 그런 카페니까요."

가에데와 인형들의 배웅을 받으며 마모리는 현관에 섰다. 인형들의 어깨 너머로 왕관을 본뜬 조명이 은은하게 빛나고 있었다. 카페를 나서고도 이 빛과 멀어지는 게 아쉬워 발길이 떨어지지 않았다. 그렇지만 돌아가야 할 시간이었다.

인형들이 한데 모여 꾸벅 인사하자 가에데도 금발을 숙여 마지막 인사를 전했다.

"안녕히 주무세요. 좋은 밤 보내시길."

귓속 깊숙이 메아리치는 인사말을 가슴에 품은 채 카페를 등지고 집으로 향하는 마모리는 뿌연 안갯속을 헤매는 듯 머리가 멍했다.

밝은 길로만 찾아 걸으며 집으로 돌아와 탁자 위에 가방을 툭 내려놓았다. 작고 좁은 원룸에는 물건을 버리지 못하는 마모리의 성격을 보여주듯 잡다한 물건들이 여기저기 널브러져 있었다.

평소엔 샤워만 대충 하고 마는데 오늘 밤은 아무 생각 없이 목욕물을 받았다. 아주 오래전에 마토이가 생일 선물로 준 입욕제를 선반에서 꺼내 욕조에 풍당 집어넣었다. 거품을 일으키며 물속으로 사라지는 입욕제에서 공교롭게도 라벤더 향이 났다.

목욕을 마치고 드라이어로 머리를 말린 뒤 침대에 누우면서 향주머니를 머리맡에 두었다. 그러자 멍했던 머리가 점점 또렷해졌다.

"정말 신기한 경험이었어."

내일도 일찍 나가야 해서 알람을 맞추려고 스마트폰을 꺼내는데 문득 전원이 꺼졌던 게 생각났다. 지금은 정상적으로 켜져 있었다. 마모리는 침대 옆 조명등만 켜둔 채로 대자로 누워 천장을 바라봤다. 스마트폰도 그렇고 참 신기한 경험이었다. 신기한 경험이라는 말밖에는 달리 설명할 말이 떠오르지 않았다.

"아무튼 이젠 자야 해."

자연스레 하품이 나오고 졸음이 몰려오자 마모리는 감동하고 말았다. 스르르 잠에 빠져들 것만 같은 이런 기분을 도대체 얼마 만에 느껴보는 걸까.

"노래 듣고 싶다."

문득 음악이 듣고 싶었다. 몰려드는 졸음에 노래 하나만 딱 얹으면 더 바랄 게 없겠다 싶어 스마트폰 재생 목록에서 잠잘 때 듣기 좋은 음악을 뒤졌다. 스마트폰에서 나오는 블루라이트가 수면에 좋지 않다는 걸 알지만 직감에 따라 곡을 고르고 수면 타이머도 걸었다.

곡이 재생되면서 노랫소리가 방 안에 나지막이 퍼졌다. 마모리가 가장 좋아하는 여성 가수의 발라드였다.

"아, 좋다."

사람의 연약한 마음을 어루만져 주는 가사였다. 영어로 된 노랫말이 맑고 투명한 음색에 실려 귀에 쏙 박혔다. 학창 시절 수없이 들었던 곡인데 요즘엔 거의 듣지 못했다. 한때 푹 빠져 시도 때도 없이 들었던 곡이 지금도 여전히 반갑고 좋아서 마모리는 행복에 겨운 기분으로 조명을 껐다. 어둠이 방을 뒤덮자 눈꺼풀이 사르르 감겼다.

"안녕히 주무세요. 좋은 밤 보내시길."

가에데의 인사를 되새기는 사이 달콤한 선잠에 들었다가 곧바로 깊은 잠으로 빠져들었다.

이튿날 아침.

침대 위에서 기지개를 쭉 켜고는 몸을 일으켰다.

알람 소리와 동시에 눈이 뜨였는데 머리도 몸도 개운했다. 잠을 못 자 천근만근 같던 몸과 안개라도 낀 듯 몽롱하던 머리는 온데간데없고 마치 새로 태어난 기분이었다. 단 하루라도 푹 자고 나면 몸이 이렇게나 달라지는구나 싶어 잠이 보약이라는 말을 새삼 절감했다.

침대 대각선 방향에 난 창문의 커튼 틈새로 아침 해가 환히 비쳐 들었다.

"날씨 좋다."

아침 해가 눈부셔 눈을 게슴츠레 뜨면서 베개로 손을 뻗었다. 베개 옆엔 보랏빛 향주머니가 떡하니 놓여 있었다.

"카페에 갔던 게 꿈은 아니었나 봐!"

물적 증거를 움켜쥐며 마모리는 일단 침대에서 내려왔다. 어찌 됐든 출근 준비부터 해야 했다.

잠을 푹 잔 덕분에 피부도 머릿결도 반들반들 윤이 나는 듯했다. 이 정도면 고가네이가 선배도 이제 나이가 있으니 관리 좀 하는 게 어떠냐고 비아냥대진 않겠지. 토트백에 향주머니를 집어넣으며 마모리는 평소보다 여유롭게 집을 나섰다.

늘 타던 전철보다 한 타임 이른 전철을 탔더니 객실이 놀랄 정도로 한산했다. 콩나물시루처럼 빽빽한 전철 안에서 옴짝달싹 못 한 채 출근하느라 기진맥진했던 아침과는 달리 쾌적한 전철의 덜컹거림에 몸을 맡긴 채 맑은 머리로 생각에 빠져들었다.

우선은 회사를 그만둘지 말지부터 결론을 내야 했다.

"좋았어."

생각이 정리됐을 때쯤 내릴 역에 도착했다. 반소매 블라우스의 주름을 바로잡아 옷매무시를 단정히 하고는 쏟아지는 햇살을 맞으며 회사로 향했다. 출근했더니 아니나 다를까 사원증을 목에 건 채 퇴근한 일로 미우라가 불러냈다. 일찌감치 들통이 난 모양이었다. 아침 회의가 시작되기 전 사무실 입구에서 미우라가 꼬치꼬치 따지고 들었다.

"사원증을 목에 걸고 퇴근하면 어떡해? 문제가 생기면 어쩌려고? 이누이 씨, 요새 이런 실수를 너무 많이 하네. 왜 이렇게 실수가 잦지? 오늘 중으로 경위서 작성해서 제출해. 500자 정도로. 알았어?"

또다시 시간만 잡아먹는 쓸데없는 일이 늘어나게 생겼다. 후루타도 사원증을 목에 건 채 퇴근하는 일이 종종 있었다. 마모리는 이번이 처음이지만 후루타는 밥 먹듯이 하는 실수였다. 그런데도 소심한 미우라는 체격 좋고 목소리 큰 후루타에게는 말 한마디 제대로 못 하고 다음번엔 조심하라며 주의만 주고 넘어간다는 걸 마모리도 잘 알고 있었다.

"사원증은 제가 실수했습니다. 죄송합니다. 그런데……."

진심을 담아 사과한 뒤 마모리는 힘차게 고개를 치켜들었다.

"오늘도 할 일이 산더미여서요, 경위서를 작성할 시간이 없을 것 같습니다."

"뭐?"

"고객 관련 업무 할 시간도 빠듯한데 그걸 먼저 해야 하지 않을까요?"

책상 정리나 경위서 작성 따위의 일을 시키더라도 부하의 업무량과 일의 우선순위를 고려해서 시켜야 하지 않겠느냐고 넌지시 물어보았다. 마음 같아선 자고로 상사라면 그 정도 사리 분별은 해야 하지 않겠느냐고 쏘아대고 싶었다.

마모리가 당당히 자기 의견을 피력하자 미우라의 둥근 눈이 더 동그래졌다. 마모리는 등을 꼿꼿이 세우며 미우라의 두 눈을 똑바로 바라봤다. 여성의 평균 키보다 큰 마모리는 허리를 쭉 펴고 등을 곧추세우면 후루타 못지않게 위엄 있어 보였다.

기가 죽었는지 미우라가 금세 꼬리를 내렸다.

“아, 아, 그러니까, 이누이 씨도 바쁘지? 경위서는 됐어, 그래! 반성했으면 됐지 뭐.”

허둥지둥 자리를 피하는 미우라를 보며 마모리는 드디어 해냈다는 쾌감에 들뜨면서도 한편으로는 맥이 탁 풀렸다. 그동안 미우라의 잔소리 때문에 엄청 스트레스를 받으며 괴로워했는데 이렇게 쉽게 해결되다니 어이가 없었다.

‘나중에 보복을 해올지도 모르지만 뭐, 상관없어.’

발걸음 가볍게 책상으로 향하는데 제2의 스트레스 제공자가 말을 걸어왔다. 오늘도 후루타는 몸에 착 달라붙는 셔츠를 입어 가슴께의 탄탄한 근육을 뽐냈다.

“안녕, 이누이. 아침부터 갑작스럽지만 신규 사업 제안 메일이 와서 말이야. 저쪽에서 제시한 조건에 맞는 회의장을 점심때까지 좀 알아봐 줘. 가급적 빨리 답을 드려야 하니까.”

“안녕하세요, 후루타 선배.”

마모리는 의자에 앉으면서 후루타를 쳐다봤다.

마모리의 상황은 조금도 고려하지 않고 갑자기 점심때까지 하라니, 억지도 이런 억지가 없다. 늘 이런 식으로 마모리에게 일을 떠넘기고는 빨리 처리해 줘서 고맙다는 고객의 감사 인사는 후루타 혼자 독차지했다. 마모리가 한 일을 후루타가 태연하게 자기 성과로 과시하는 장면을 여러 차례 목격했다. 그래도 마모리는 이제껏 아무런 저항 없이 시키는 대로 순순히 일을 떠맡았다.

"점심때까지는 힘들어요. 그 일 먼저 하면 선배가 급하다고 부탁한 다른 일들이 모두 뒤로 밀리는데 괜찮아요?"

"뭐? 점심때까지 전부 할 수 있지 않나?"

"못 해요."

노, 라고 딱 부러지게 말했더니 후루타가 놀라 입을 다물지 못했다. 순종적이라 여기며 기르던 개에게 예상치 못한 공격을 당한 표정이었다. 선배가 직접 하라는 말로 쐐기를 박으려는데 문득 사무실 끝 쪽 책상이 시선에 걸렸다. 고가네이가 어제와는 또 다른 휘황찬란한 네일을 뽐내며 느긋하게 키보드를 타닥타닥 치고 있었다. 오늘도 차림새가 회사보다는 리조트에 어울릴 법했다. 마모리는 고가네이 씨, 하고 이름을 불렀다.

"네? 무슨 일이세요?"

"후루타 선배가 말한 회의장 검색, 맡아서 해줄래?"

"네에? 그건 이누이 씨에게 맡긴 일이잖아요. 왜 제가?"

마모리와 후루타가 나누는 대화를 똑똑히 듣고 있었던 모양이었다. 귀찮은 티를 팍팍 내는 고가네이를 향해 마모리는 또각또각 구둣발 소리를 내며 다가갔다.

"지금 난 급한 일을 처리하느라 정신이 하나도 없거든. 그래서 부탁 좀 하고 싶은데."

"그건 저도 마찬가지예요."

"지금 맡은 업무가 정확히 어떤 게 있지?"

다짜고짜 따지고 들었더니 고가네이가 마지못한 투로 진행 중인 일들을 줄줄 늘어놓았다. 아무리 좋게 봐줘도 급한 건은 하나도 없었다. 그 사실을 지적한 뒤 마모리는 "할 수 있지?" 하고 말하며 방긋 웃어 보였다.

"그, 그래도."

"우선 고가네이 씨가 회의장을 좀 찾아줘, 마땅한 곳이 없으면 그땐 나도 도울 테니까. 부탁해."

"……네."

"자, 이렇게 하기로 했으니 후루타 선배, 앞으로는 저에게만 떠넘기지 마시고 고가네이 씨에게도 부탁하세요. 둘 다 똑같은 사무 보조잖아요."

"어, 으응."

당황했는지 후루타가 굳은 얼굴로 허둥대며 고개를 끄덕였다. 마모리는 책상으로 돌아와 일을 시작했다.

"오늘 이누이 선배 좀 이상한 것 같지 않아요?"

"그러게, 왜 저러지."

고가네이의 자리에서 둘이 소곤대는 소리가 들렸지만 무시했다.

'뭣하면 그만두지 뭐!'

그렇다. 이직할까 말까 고민하던 마모리가 내린 결론은 이랬다. 당장 사표를 내고 이직하지는 않을 것이다. 전철에서 곰곰이 생각하는 동안 회사에 미련 같은 건 없지만 이벤트 기획이라는 일 자체는 지금도 여전히 좋아한다는 사실을 깨달았다. 이 업계에서 꿈을 펼쳐 보고 싶었다. 이벤트 기획사 중에서 조건이 더 나은 회사를 찾아봐도 되겠지만 지금 회사도 마모리가 동경하던 곳이었고 어렵게 들어왔다.

이곳에서 좀 더 버텨보자.

단 이전처럼 어정쩡하게 달라붙어 있을 마음도, 상황을 적당히 받아넘길 생각도 없었다. 언제라도 사표를 던질 각오를 다지는 것만으로도 기분이 한결 가뿐했다. 그렇기에 도를 넘는 불합리한 요구에 반기를 번쩍 들 수 있었다.

'그 카페 덕분이야.'

메일 확인 작업을 끝내고 난 뒤 가방에서 향주머니를 꺼내 쳐다봤다. 라벤더 향이 짙게 올라왔다. 마모리는 오늘 밤 퇴근하면서 또 카페를 찾아갈 생각이었다.

'가에데 씨랑 인형들 또 보고 싶다.'

그런데.

오전 내내 카페에 들를 생각에 들떠 있었는데 점심시간을 기점으로 상황이 급변했다. 한 시간인 점심시간을 마모리는 좁은 휴게실에서 편의점 도시락과 컵라면으로 대충 때웠다. 직원이 적은 탓에 식사 시간은 되도록 겹치지 않게 조정하고 있어서 밥은 거의 혼자 먹었다.

'카페에선 시끌벅적 웃고 떠들며 참 재밌었는데.'

인형들이 왁자지껄 떠드는 모습을 보고 있으면 놀이공원에서 쇼를 보는 기분이 들었다. 밤에 또 카페에 가야겠다고 마음먹고 있는데, 커피포트에 물이 끓기를 기다리며 스마트폰으로 이것저것 찾아보다가 구경만 하려고 생성한 SNS에서 엄청난 소식을 접하고 말았다.

"앗, SARASA가 음악 방송에 나온다고?"

너무 놀라 자기도 모르게 터져 나온 탄성이 휴게실에 울려 퍼졌다.

어젯밤 잘 때도 들었던, 마모리가 가장 좋아하는 가수의 활동명이 바로 SARASA였다. 소속사 공식 계정에 SARASA가 오늘 밤 장기 방영 중인 음악 프로그램에 출연한다는 소식이 올라와 있었다. 마모리가 알기로는 SARASA가 일본 방송 프로그램에 출연하는 일은 처음이었다.

'아니다. 요즘엔 SARASA의 소식을 찾아볼 여유가 통 없었으니까 어쩌면 나만 모르고 있었을지도 몰라. 아, 드라마 삽입곡도 불렀구나! 몰랐네.'

매일 녹초가 되어 퇴근하다 보니 SNS에 올라오는 정보를 확인하는 일조차 버거워 한동안 SNS를 멀리했던 걸 마모리는 뒤늦게 후회했다. 그사이 마모리가 가장 좋아하는 가수 SARASA의 인기는 점점 치솟고 있었다. 어젯밤부터 부활한 골수팬의 팬심에 불이 확 붙었다. 마침 삐익 하고 물 끓는 소리가 났다.

'오늘 밤엔 꼭 제시간에 퇴근해서 본방 사수하고 싶다!'

본방 사수, 그러니까 꼭 생방송을 보고 싶었다. 저녁 8시 프로그램이어서 평소처럼 야근하면 본방 사수는 어림도 없겠지만 오늘은 왠지 가능할 것만 같은 기분이 들었다. 그 전에 퇴근해서 반드시 생방송으로 보고 말 테다.

"아, 그러면 카페에 못 가잖아."

어휴, 컵라면에 물을 따르면서 앓는 소리를 냈다. 새로 나온 돈코츠 맛 컵라면이었다.

향주머니처럼 카페도 실제로 존재하는 곳일까. 마모리는 그것만이라도 빨리 확인하고 싶었다. 생생한 꿈일지도 모른다는 의심이 마음 한구석에 여전히 남아 있었다. 전철에서 검색해 봤는데 '푹 자요 카페'라는 가게 이름은 나오지도 않았고 SNS에도 아무런 정보가 없어서 더욱 미심쩍었다.

'게다가 가는 길도 확실치 않고. 일단 낮에 가서 장소만이라도 확인해 둘까.'

어두운 밤길을 헤매고 다니는 것보다는 밝은 낮에 가서 찾아보는 게 나을 것 같았다. 내일은 토요일이지만 월요일부터 시작하는 전시회가 있어 전시장 설치 일로 오전에는 현장에 나가야 했다. 담당자인 후루타는 다른 일 때문에 참석이 힘들어 마모리 혼자 갈 예정이었다. 전시장은 마침 어젯밤 잘못 내린 역과 가까웠다. 전시장으로 바로 출근했다가 퇴근할 계획이라 마모리는 일을 마치는 대로 카페를 찾아가 보기로 했다.

'낮에 가서 카페가 어디 있는지 확인만 하고 밤에 또 가면 되지 뭐.'

일정을 이리저리 조정하는 사이 뜨거운 물을 부은 지 3분이 지나 마모리는 기분 좋게 컵라면을 먹었다.

평범하지만 맛있네.

하지만 매일 이렇게 먹으면 몸에 안 좋을 거라는 생각에 마모리는 요즈음 식생활을 되돌아봤다. 저녁도 늘 점심과 비슷한 식단이어서 카페에서 먹은 정성 가득한 식사가 더욱 그리웠다. 당장이라도 카페로 달려가 오늘의 '잘 자요 세트'를 즐기고 싶지만 야근을 안 하려면 오후에도 정신없이 일해야 할 테니 컵라면이라도 일단 깨끗이 비웠다.

이틀날도 마모리는 가뿐히 일어나 상쾌한 아침을 맞이했다.

직장생활에 대처하는 태도를 바꿨더니 스트레스가 확 줄었고 그 덕분에 잠도 푹 잤다. 하지만 카페에 갔던 날 밤처럼 달콤하고 개운한 잠은 아니어서 수면의 질을 좀 더 확실하게 높이기 위해서라도 그 카페에 꼭 다시 가고 싶었다.

'일단 오늘 해야 할 전시장 설치부터 잘 끝내자.'

서둘러 일어나 나갈 채비를 했다. 아침은 거르는 편이지만 힘을 내려면 뭔가 먹어야 할 것 같아 냉장고에 달랑 하나 남은 미니컵 요구르트를 꺼내 인스턴트커피와 같이 먹었다. 잠을 잘 잔 덕분인지 오랜만에 아침에 식욕이 돋았다.

어젯밤도 역시나 칼퇴근은 무리였지만 SARASA가 나오는 부분은 다행히 생방송으로 볼 수 있었다. 덕분에 일할 의욕이 불끈 솟았다.

"좋았어, 다녀오겠습니다."

아무도 없는 텅 빈 방에 대고 평소에는 하지 않던 인사를 하고는 오늘도 쾌청한 하늘을 올려다보며 집을 나섰다.

전시 설치는 제시간에 시작됐고 별 탈 없이 진행됐다. 몇 번 만난 적 있는 젊은 의뢰인한테서 "이누이 씨, 왠지 기분 좋아 보이시네요. 주신 의견 정말 도움이 많이 됐습니다" 하고 뜻하지 않은 칭찬도 들었다.

'머리가 잘 돌아가서 그런가? 개선점도 눈에 확 들어오네. 전시회, 꼭 성공했으면 좋겠다!'

요즘엔 실수만 안 하면 된다는 마음으로 모든 일에 소극적이었는데 입사 당시의 열정이 조금은 되살아난 듯도 싶었다. 마모리는 사람들에게 기쁨을 주는 일을 하고 싶다는 초심을 다시금 되새겼다.

일을 마친 뒤 전시장을 나와 드디어 카페를 찾아 나섰다. 밤 거리를 빨갛게 물들였던 선술집 외등이 모두 꺼져 있어서 똑같은 길을 걷는데도 전혀 다른 공간인 것처럼 낯설었다.

"분명 여기서 꺾었는데……."

흐릿한 기억을 더듬어 큰길에서 골목으로 접어들었다. 이리 저리 기웃거리며 걸어가는 마모리의 발길 앞으로 검은 고양이 한 마리가 지나갔다. 그러고 보니 카페 인형 중에 고양이는 없었다.

'이제 와서 하는 얘기지만, 그 애들은 정말로 인형이었을까? 향주머니랑 인형들 전부 가에데 씨가 만든 걸까?'

이런저런 생각을 하며 걷는 사이 드디어 카페가 있던 곳에 다다랐다.

도착한 순간 마모리의 눈이 휘둥그레졌다.

"빈집?"

집도 장소도 틀림없었다. 오두막집 같은 아담한 이층집이 골목길 모퉁이에 자리 잡고 있었다. 하지만 그 집은 도저히 카페라 부를 만한 모습이 아니었다. 영업시간이 아니어서 문을 닫은 게 아니라 말 그대로 그냥 빈집이었다. 집 주변엔 잡초가 무성해 한눈에도 오랫동안 방치된 집이라는 걸 알 수 있었다. 동네 아이들이 그랬는지 벽에는 빨간 물감으로 '귀신의 집'이라는 낙서까지 쓰여 있어서 어깨가 절로 움츠러들었다. 귀신은 딱 질색인데 말이다.

현관문은 낡고 삭아서 당장이라도 떨어져 나갈 듯했고 랜턴 모양의 조명도 카페 이름이 써진 입간판도 보이지 않았다. 어딜 보나 귀신의 집이라 불리기에 딱 어울리는 외관이었다.

"어, 어떻게 된 거지?"

마모리는 풀을 밟아 헤치며 조심히 창문으로 다가가 안을 들여다봤다. 내부는 휑뎅그렁했고 어둠 속에서 뿌연 모래 먼지만이 하늘하늘 춤추고 있었다.

"가에데 씨……."

입에서 무심결에 마스터의 이름이 흘러나왔지만 당연히 대답은 없었다.

망연자실한 마모리의 머리 위로 한낮의 뜨거운 태양이 따갑게 내리쬐었다.

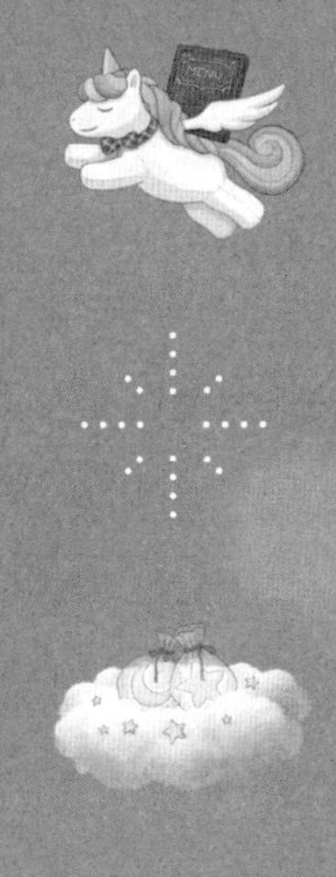

2장

초승달과 토끼

다카미네 하루토에게는 어릴 적부터 함께해 온 소중한 친구가 있었다. 사교성이라곤 도무지 찾아볼 수 없는 내성적인 성격의 하루토에게 단 하나밖에 없는 심우心友, 말 그대로 마음의 친구였다.

괴로울 때면 언제든 옆에 있어 주었고 가만히 얘기를 들어주었다. 기쁠 때면 함께 기뻐해 주었다.

둘은 언제나 함께였다.

그 아이만 있다면 다른 친구는 필요 없었다.

하지만 너른 세상에 조금 눈이 뜨이고 나자 하루토의 마음에 지금 이대로 살아도 괜찮을까 하는 의문이 싹텄다.

정말 계속 그 아이와 둘이서만 지내도 괜찮을까.

비록 사람을 대하는 일이 여전히 두렵고 서툴지만 조금은 용기를 내볼 수 있지 않을까.

그런 생각을 품은 지 얼마 지나지 않아 하루토에게도 마침

내 새 친구가 생겼다. 새 친구와 보내는 나날은 새롭고 놀라운 자극으로 가득했고 친구가 하나둘 늘면서 그 아이와 함께 보내는 시간이 점점 줄어들었다.

그럼에도 그 아이는 하루토의 가장 소중한 친구였다. 그 사실은 영원히 변치 않을 터였다.

그랬다. 영원히 변치 않을 줄 알았다.

☾

"마모리 씨, 어서 오세요. 또 오셨네요, 반가워요."
정말로 반가운지 가에데가 얼굴 가득 함박웃음을 지었다.
"마모리 씨다!"
"와, 어서 오세요."
"마모리 씨!"
인형들도 날아다니고 뛰어다니며 마모리를 반겼다.
그런 그들 앞에서 마모리는 다시 만날 수 있어 기쁜 마음 반, 어리둥절한 마음 반으로 머릿속이 혼란스러웠다.
'이 카페, 도대체 어떻게 된 거지?'
마모리가 다시 폭 자요 카페를 찾은 건 처음 온 날로부터 닷새 뒤였다. 낮에 보러 왔다가 폐허나 다름없는 빈집을 보고 마모리는 큰 충격을 받았다. 집으로 돌아간 뒤 잠을 자지도 않을 거면서 이불에 기어들어 가 한 시간 넘게 천장을 멍하니 바라보다가 처음부터 찬찬히 냉정하게 되짚어 보려는데 전화 벨이 울렸다.

주말에 열리는 기업 이벤트 현장에 있던 후루타가 건 전화였다. 전화기 너머로 후루타가 "당장 좀 와줘!" 하고 소리쳤다. 이벤트는 오후부터 시작인데 출연자가 최종 리허설에 나타나지 않은 데다가 본 공연에도 늦을 것 같다 그러지, 기자재는 갑자기 말썽이지, 당일 고용한 스태프도 느닷없이 못 온다고 하지, 온갖 문제가 동시다발적으로 터지며 마치 이벤트 현장에서 일어날 수 있는 문제들을 총망라한 위기 대백과사전을 보는 듯한 사태가 벌어졌다고 했다. 도저히 후루타 혼자 대응할 수 없어 마모리에게 SOS를 친 거였다.

선배가 궁지에 몰려 허우적대는 상황이 빤히 그려져 마모리는 어쩔 수 없이 벌떡 일어나 현장으로 달려갔다. 도착하자마자 숨 돌릴 새 없이 일을 처리하고 이튿날인 일요일까지 빠진 스태프 대신 출근해 겉보기에는 아무 문제도 없는 것처럼 어찌어찌 무사히 행사를 마무리 지었다. 월요일은 월요일대로 후속 처리와 다른 업무에 쫓기다 보니 막차 시간이 다 되어 퇴근했다.

화요일인 오늘에서야 겨우 한숨을 돌리고 나니 다시 카페 생각이 나서 퇴근길에 들른 참이었다.

'아, 놀래라! 뭐야, 영업하고 있잖아. 도대체 어떻게 된 거지?'

밤하늘에는 아기 손톱처럼 어여쁜 초승달이 떠 있었다. 신데렐라가 마법에 걸려 한순간에 화려한 드레스를 입은 아름다운 모습으로 변신하듯이 빈집은 또다시 카페로 탈바꿈해 있었다. 어떻게 이런 일이 가능한지 당혹스러운 기분으로 카페에 쭈뼛쭈뼛 들어섰는데 가에데와 인형들이 그때와 똑같은 모습으로 반겨주었다.

'꿈이 아닌 건 확실하네. 하지만 현실 같지도 않아.'

카페에는 그때처럼 클래식 음악이 흐르고 있었다. 독일 작곡가 로베르트 슈만의 곡 〈트로이메라이〉였다. 부드러운 선율을 들으며 이게 꿈인지 현실인지 어리둥절해하는데 수플레와 타르트가 양쪽에서 마모리의 치맛자락을 잡아끌었다.

"오늘 밤에는 카운터 자리에 앉으세요. 테이블 자리는 아직 닦지 않았거든요."

"카운터 자리로 안내할게요!"

"그, 그래."

인형들에게 이끌려 카운터 앞에 놓인 다리가 긴 의자에 앉았다. 보네가 훌쩍 날아와 차가운 유리잔을 내려놓았다. 카운터 너머에서 가에데가 걱정스러운 얼굴로 마모리를 쳐다봤다.

"많이 피곤해 보이는데 괜찮으세요?"

"네?"

"잠은 잘 주무시고 계세요? '잘 자요 세트'도 향주머니도 효과가 없었나 보네요."

"아니에요!"

안색이 살짝 어두워진 가에데를 향해 마모리가 허둥대며 고개를 저었다.

"'잘 자요 세트'도 향주머니도 엄청 효과가 좋았어요! 향주머니는 부적처럼 늘 갖고 다니고요. 주말에 회사 일 때문에 문제가 생겨서 불려 나가는 바람에 좀 피곤해서 그래요."

"정말 힘드셨겠네요."

"행사를 준비하다 보면 문제는 늘 생겨요. 피곤하긴 하지만 이 카페에 다녀간 뒤로는 잠을 푹 자서 그런지 별로 스트레스를 안 받았어요. 직장 생활도 좀 편해졌고요."

주말엔 후루타가 전적으로 마모리의 도움을 받는 처지였다. 일요일도 근무 일정상으로는 마모리가 쉬는 날이었기 때문에 명백한 휴일근무였다. 후루타가 여느 때처럼 후배가 선배를 돕는 건 당연하다는 식으로 강압적인 태도를 보일 줄 알았는데 이번엔 웬일인지 갑자기 불러내서 미안하다는 둥 도와줘서 고맙다는 둥 쑥스러워하면서도 감사 인사를 건넸다. 행사 뒤처리도 고가네이에게 맡겼더니 불평 한마디 없이 선선히 받아들였다. 후루타가 고가네이에게 잡무를 직접 부탁하기도 했다. 미우라가 불필요한 딴지를 걸지 않는 것만으로도 스트레스가 확 줄었다.

쌓아두기만 했던 불만을 터트리고 나자 이제는 아무도 마모리를 함부로 대하지 않았다. 격무에 시달리는 건 똑같았지만 지내기가 훨씬 수월했다.

"그렇다면 정말 다행이네요."

가에데가 얼굴 가득 미소를 띠며 마치 자기 일처럼 안도했다. 단 한 번 다녀갔을 뿐인 손님에게 이렇게까지 신경을 써 주다니, 가에데의 자상한 마음에 마모리는 자기도 모르게 가슴이 두근거렸다.

"저기, 가에데 씨! 그런데 이 카페……."

"네?"

"카페가 그러니까, 그…… 아무것도 아니에요."

두근대는 마음을 숨기려고 마모리는 불쑥 카페의 정체를 캐물으려다가 가에데와 정면으로 눈이 마주치자 입을 다물고 말았다.

'왠지 지금은 물어보면 안 될 것 같아.'

마모리가 지켜본 바로는 푹 자요 카페는 밤에만 올 수 있었다. 어찌 된 영문인지 모르겠지만 마모리는 신비한 마법의 세계에 발을 들여놓은 듯했다. 함부로 파헤쳤다가는 마법이 삽시간에 풀려버릴 것만 같아 조심스러웠다.

그런 생각을 하던 참이었다.

문에 달린 방울이 딸랑하고 손님이 왔음을 알렸다.

"죄, 죄송합니다. 여기……."

갈색으로 염색한 버섯 머리 청년이 머뭇거리며 들어왔다. 수수한 얼굴에 마모리보다 키가 조금 작았고 체구도 왜소했다. 할인 매장에서 샀음 직한 흑백 가로줄무늬 폴로셔츠와 청바지 차림에 옆으로 맨 가방끈을 양손으로 꾹 잡은 모습이 무척 소심해 보였다.

고등학생 같아 보이는데 이 시간대에 돌아다니는 걸 보면 대학생일까. 마모리는 뒤를 돌아보며 새로 온 손님을 관찰했다.

"오늘 밤은 두 번째 손님이 왔네!"

"와! 반가워요, 어서 오세요!"

"어서 오세요."

"앗, 인형?"

소란스레 손님을 맞이하는 인형들을 보고 청년은 입을 쩍 벌렸다.

'그럼 그렇지, 놀랄 만도 하지.'

봉제 인형이 인간처럼 말하고 움직이면서 손님을 맞이하는데 안 놀랄 수가 있나. 보네는 날아다니기까지 하니 말 다 했지 뭐.

'인형들의 정체를 모르니 어쩌면 무서울 수도 있겠는걸.'

마모리는 심약해 보이는 청년이 걱정됐다. 하지만 마모리의 예상과 달리 청년은 뜻밖의 반응을 보였다.

"귀, 귀엽다! 저, 안아봐도 돼요?"

청년은 인형들에게 와락 달려들었다. 수플레 앞에 쪼그려 앉아 오래도록 가지고 싶어 하던 물건을 마주한 어린아이마냥 눈을 반짝거렸다.

"꼭 껴안으면 옷이 구겨지니까 조심해서 안으세요. 소중한 손님이니까 특별히 봐주는 거예요."

수플레도 싫지만은 않은 듯 짧은 팔을 쫙 펼쳤다.

"꺅! 그, 그럼!"

청년은 머리를 숙여 인사하고는 수플레를 살짝 안아 올렸다.

"아, 보들보들해! 토끼님, 이름이 뭐예요?"

"수플레예요. 손님은요?"

"저는 다카미네 하루토입니다. 이 카페엔 우연히…… 으악!"

인형들에게 온통 시선을 빼앗겼던 하루토가 뒤늦게 가에데와 마모리가 자기를 빤히 쳐다보는 걸 알아챘다.

"죄, 죄송합니다!"

하루토는 당황해서 시선을 어디에다 두어야 할지 몰라 허둥대며 수플레를 바닥에 내려놓았다. 살아 움직이는 인형들은 아무렇지 않게 대하면서 같은 인간은 어색해하다니. 하루토의 마음의 문이 쾅 닫히는 게 눈에 보일 지경이었다.

"하루토 씨라고요. 저희 카페를 찾아주셔서 고맙습니다."

카운터에서 나온 가에데는 호감이 가득 담긴 눈으로 하루토에게 다가갔다.

"카운터 자리 괜찮으세요?"

가에데가 마모리의 옆자리를 가리켰다. 그러자 하루토는 "아, 음" 하고 안절부절못했다.

'낯가림이 심한 것 같은데 아무래도 처음 보는 여자 옆자리

에 앉으면 불편하겠지.'

카운터석은 나란히 앉으면 어깨가 부딪칠 정도로 좁았다. 붙임성 좋은 사람이라면 아무 상관 없겠지만 낯가림이 심하다면 꽤 거북스러울 터였다. 하지만 오늘 밤은 카운터석밖에 없는데 마모리가 세 자리 중 가운데를 떡하니 차지했으니 하루토에게는 선택의 여지가 없었다. 얼굴이 잔뜩 굳은 하루토를 배려해 마모리는 앉은 자리에서 말을 걸었다.

"내가 자리를 옆으로 옮길까? 가운데를 비우고."

그러면 양쪽 끝에 각각 앉게 되니 하루토도 조금은 마음이 놓일 터였다. 하지만 하루토는 잠시 뜸을 들이더니 "아, 아니요!" 하고 단호히 고개를 저었다.

"먼, 먼저 앉아 계셨는데 일부러 그러실 것까진 없어요."

"상관없어. 한 자리 옆으로 옮기는 건데 뭐."

"신, 신경 쓰지 마세요! 아, 그, 그, 그냥 옆자리에 앉을게요."

하루토는 어색한 몸짓으로 마모리의 오른쪽 옆자리에 앉았다. 처음 보는 여자 옆에 앉는 것보다 처음 보는 여자의 배려가 더 불편한 모양이었다.

가방을 무릎에 놓고 몸을 잔뜩 웅크린 채 앉아 있는 하루토를 마모리는 곁눈질로 살폈다. 원래 안색이 그런 건지, 긴장한 탓인지는 모르겠지만 얼굴빛이 파랬다.

"하루토 씨도 잠을 잘 못 자나 봐요."

"어, 그걸 어떻게!"

원인을 정확하게 짚어낸 가에데가 웃으면서 말했다.

"그렇다면 '잘 자요 세트'를 추천합니다."

'이곳은 정말 잠 못 자는 사람만 찾아오는 곳인가 봐!'

그러고 보니 저번에 수플레도 비슷한 말을 흘렸다.

"우와, 진짜 인형이 일을 하네! 아, 너무 귀여워!"

메뉴판을 들고 날아온 보네를 보고 하루토는 또 흥분했다. 결국 가에데가 추천한 대로 하루토는 '잘 자요 세트'를 주문했고 마모리도 똑같은 걸 시켰다. 주문한 음식이 나오기까지 조금 시간이 걸렸다.

"하루토라고 불러도 돼?"

"네? 아, 네."

마모리가 말을 걸자 하루토는 또다시 몸이 굳은 듯했다.

"살아 움직이는 인형을 보고도 놀라지 않네?"

마모리는 미소를 지으며 하루토에게 궁금한 점을 물었다.

"그, 그러네요. 보통은 놀라는 게 당연하겠죠?"

"응. 난 깜짝 놀랐거든."

"요새 잠을 통 못 잔 데다가 술도 못 마시는데 술자리에 앉아 있었더니 머리가 멍해졌는지 뭔가 꿈을 꾸는 것 같기도 하고 이상하네요."

그렇군. 꿈을 꾸고 있다고 믿었던 마모리처럼 하루토도 현실과 꿈의 경계에 있는 듯했다.

"지금도 별로 이상하다는 생각이 안 드는데, 제가 이상한 걸까요? 그렇다면 죄송합니다…….”

“나도 잘 모르겠어. 뭐 상관없지 않을까? 하루토만 괜찮다면.”

“아, 네.”

이 상황이 무섭지 않다면 문제 될 게 없을 것 같아 마모리도 마음이 놓였다.

“술자리에 갔다면, 대학생?”

“대, 대학생인데 올해 막 입학해서 아직 술은 못 마셔요. 동아리 뒤풀이가 있어서 그냥 앉아만 있었어요.”

어느 대학에 다니느냐고 물었더니 이 지역에서는 1, 2위를 다투는 명문 대학이었고 과는 경제학부라고 했다.

“오렌지 주스 마시면서 선배들이 떠드는 소릴 듣고 있었는데 그 자리에 있기만 해도 왠지 취하는 기분이어서요.”

기어들어 갈 것 같은 목소리로 하루토는 이곳에 오게 된 사정을 얘기했다. 맥주 냄새에 취해 머리가 어질어질해서 쉴 만한 곳을 찾아 어슬렁거리다가 카페 불빛을 보고 홀린 듯이 들어왔다고 했다.

“무슨 동아리야?”

“테니스부입니다.”

“테니스!”

뜻밖의 대답에 마모리는 흠칫 놀랐다. 솔직히 말해 스포츠를 좋아할 것 같은 인상은 아니었다.

“유야가 같이하자고 해서요. 아, 유야는 학교 친구인데 하도 졸라대서 어쩔 수 없이 들었어요. 테니스는 처음 해봐요.”

대화를 힘들어하는 게 역력히 드러나는 하루토가 휴, 하고 한숨을 토했다. 하루토가 말하는 동안 머리 위에서 보네가 “파이팅!” 하고 응원했다. 땀도 잔뜩 흘리고 있어서 목이 마를 것 같았다. 타이밍 좋게 수플레가 등 뒤에서 쟁반을 내밀었다. 차가운 유리잔이 놓여 있었다.

“고, 고맙습니다!”

수플레가 건네준 유리잔을 받자마자 하루토는 단숨에 꿀꺽꿀꺽 들이켰다. 얼음만 남은 유리잔이 차르르 소리를 냈다. 마침 주방으로 사라졌던 가에데가 나타나 카운터 안쪽에서 마모리와 하루토 앞에 각각 세트 요리를 내놓았다.

“오늘 밤 메뉴는 구운 현미 주먹밥과 맛국물 오차즈케*입니다.”

“오차즈케요?”

뜻밖의 메뉴에 마모리는 밥그릇 속을 찬찬히 들여다봤다. 식당에서 흔히 보이는 사기그릇이 아니라 유럽풍 가게와 잘 어울릴 법한 나무 그릇이었다. 그릇을 쥐자 나무의 따스하고 부드러운 질감이 손바닥에 고스란히 전해졌다.

따뜻한 밥그릇 안에는 노릇하게 구운 현미 주먹밥이 덩그러니 놓여 있었고 주먹밥 위에 쪽파, 흰깨, 잘게 썬 푸른 차조기 잎이 흩뿌려져 있었다. 맛국물에서 올라오는 고소하고 뭉근한 향이 허기를 부추겼다. 요즘은 오차즈케를 메뉴로 내놓

* 밥에 차를 부어 먹는 일본 요리.

는 카페도 많은데 특히 여성들에게 인기가 좋았다.

"오차즈케, 집에 갔을 때 엄마가 해준 걸 먹어본 적은 있는데 카페에선 처음 먹어봐요. 잘 먹겠습니다."

하루토는 밥그릇과 똑같은 재질의 나무 스푼을 손에 쥐었다. 마모리도 스푼을 들어 먼저 구운 주먹밥을 으깼다. 너덜너덜 풀어진 현미를 국물과 같이 떠서 푸른 차조기 잎과 함께 한입에 넣었다.

"와, 맛이 참 담백하네요."

고급 가다랑어 육수가 입안을 부드럽게 적셨고 질경질경 씹히는 현미 특유의 식감도 입맛을 돋웠다. 주먹밥에서 올라오는 구운 향과 차조기가 내는 상큼한 맛의 조화가 일품이었고 먹고 난 뒤에도 속이 편했다.

"현미에는 뇌와 신경계에서 중요한 역할을 하는 가바GABA라는 아미노산이 들어 있는데, 가바는 흥분을 가라앉히고 긴장을 풀어주어 숙면을 취할 수 있게 도와준답니다."

"역시 오차즈케의 식재료도 숙면에 좋은 것들이네요."

처음 왔을 때 먹었던 그라탱과 수프도 그랬다. 맛도 좋고 몸에도 좋은 음식이 질 높은 수면으로 이어진다니 이보다 더 좋을 순 없었다.

'그런데 하루토는 왜 잠을 못 자는 걸까?'

옆자리에 앉은 하루토는 열심히 스푼을 움직였다. 식사 중에는 말없이 오직 음식을 음미하는 데에만 집중하는 성향인 듯했다. 식사를 마치는 적당한 때를 봐서 직접 물어볼까, 너무 개인적인 질문인 것 같은데 괜찮을까, 하고 마모리는 주먹밥을 마저 으깨면서 속으로 고민했다.

직업상 사람을 만나는 일이 많은 마모리는 처음 만나는 사람에게 말을 거는 게 그리 어렵지 않았다. 굳이 따지자면 적극적으로 먼저 다가가는 편이었다. 하지만 하루토는 낯선 사람과의 대화를 불편해하는 듯했다.

그때 하루토의 의자 밑에 있던 수플레가 불쑥 질문을 던졌다.

"하루토는 왜 잠을 못 자는 거야?"

긴 귀를 펄럭거리며 아무런 망설임 없이 돌직구를 날렸다.

"왜 잠을 못 자냐고요?"

"그래, 말해봐."

하루토가 숟가락질을 뚝 멈췄다. 의자를 기어 올라온 수플레가 하루토의 무릎 위에 서서 대답을 재촉하듯이 치마 밑으로 뻗은 둥근 발을 동동댔다. 수플레의 당돌한 행동에 타르트의 입이 쩍 벌어졌다.

"아, 안 돼! 손님한테 그게 무슨 짓이야!"

"왜 그래? 직접 물어보는 게 빠르잖아."

"그거야 그렇지만, 손님한테 무례하게!"

"뭐 어때!"

수플레가 앞치마를 두른 가슴을 쫙 펴며 따지고 들자 하루토는 또 연신 귀엽다고 소리치며 애정이 담뿍 담긴 눈빛으로 바라봤다. 하루토는 수플레에게 푹 빠진 모양이었다.

"식사로도 수면의 질을 높일 순 있지만 잠을 못 자는 원인을 개선해야만 근본적인 해결이 가능하단 말이야. 그렇지, 마모리 씨?"

"뭐?"

갑자기 날아든 질문에 당황한 마모리가 "그, 그렇지" 하고 고개를 끄덕였다. 이 카페가 잠을 못 자는 사람을 위해 한밤중에만 문을 여는 신비한 카페라면 이곳에서 일하는 그들의 목적은 분명 불면으로 고생하는 손님이 조금이라도 편하게 잠들 수 있게 도와주는 일일 것이다. 그래서 고민 상담도 해 주는 거라고 수플레는 덧붙였다. 아무리 그래도 인형한테 고민 상담을 하다니, 어이가 없을 법도 했지만 하루토는 사람보다 인형이 더 편한 것 같았다.

"그럼, 애, 얘기해도 돼요?"

"물론이죠. 원인을 개선할 수 있을지 어떨지는 모르지만 다른 사람에게 얘기하다 보면 의외로 해결의 실마리가 보이기도 하니까요."

카운터 너머에 선 가에데가 금발을 나풀거리며 말을 보탰다. 봄바람처럼 보드라운 가에데의 미소에 하루토도 사람을 대할 때마다 느끼던 긴장감이 누그러졌는지 무릎 위의 수플레에게 시선을 고정한 채 말을 꺼냈다.

"이미 다들 눈치챈 것 같으니 자백할게요. 전 인형이랑 달콤한 디저트, 아무튼 귀여운 걸 보면 참을 수가 없어요."

하루토는 아무에게도 말하지 못하고 숨겨온 취미라며 부끄러운 듯 입을 뗐다. 마모리는 그런 취향을 왜 굳이 숨기려 하는지 그 점이 오히려 의아할 따름이었다. 수플레가 너무 귀여워서 보자마자 흥분하고 말았지만 밖에서는 그런 모습을 꼭꼭 숨기고 다닌다고 했다.

마모리가 끼어들어 조심히 물었다.

"그런 취미라면 사람들에게 공개해도 되지 않아? 요즘에는 남자들도 귀여운 걸 좋아한다고 당당하게 말하던데."

"맞아요. 저도 인형을 직원으로 두고 있잖아요."

가에데의 이 발언은 농담일까, 진담일까? 마모리는 일단 그냥 넘어가기로 했다.

"네, 편견 없는 사람이 많다는 건 알아요. 하지만 저는 원래도 너무 소심하고 소극적인 성격이라서 지금껏 친구가 한 명도 없었거든요. 토끼 인형 미짱이 유일한 친구였어요."

미짱은 수플레보다 훨씬 크고 귀가 축 처진 인형인데 배를 누르면 미, 미, 하는 소리가 나서 어릴 때부터 미짱이라고 불렀다고 한다. 지금은 돌아가신 할머니가 하루토가 초등학교에 입학할 무렵 생일 선물로 사주신 인형이었다. 하루토의 부모님, 특히 엄마는 남자답게 행동하라며 끊임없이 잔소리를 했는데 할머니만은 하루토가 좋을 대로 하면 된다고 항상 다정하게 타이르고 묵묵히 지켜봐 주셨다. 할머니는 하루토가 정말로 갖고 싶었던 선물을 해주신 셈이었다.

할머니와 미짱, 둘만이 하루토의 마음을 알아주는 진정한 친구였다. 할머니가 돌아가신 뒤로는 미짱이 유일했다. 말 그대로 심우, 마음의 친구였다.

"미짱은 수플레처럼 말을 할 수도, 움직일 수도 없는 그냥 인형이에요. 하지만 저에게는 특별했어요. 고등학교를 졸업할 때까지 밤마다 하루 동안 있었던 일을 얘기하고 항상 같이 자고 그랬어요. 아, 제가 제 얘기만 지루하게 늘어놓았나 봐요."

"아니야, 괜찮으니까 계속해."

"아, 네! 죄송합니다."

무릎 위에서 수플레가 재촉하자 하루토가 고분고분 말을 따랐다. 서로 성격이 잘 맞는지 수플레는 하루토를 스스럼없이 대했고 하루토도 수플레가 미짱과 같은 토끼 인형이라서 더 친근하게 느끼는 듯했다.

"또, 또! 손님한테 버릇없이!"

타르트가 나서서 호통을 쳤지만 하루토는 뺨을 붉적이며 괜찮다고 웅얼거렸다.

"어, 어디까지 얘기했지? 맞다, 대학에 입학한 뒤로는 독립해서 혼자 사는데 이젠 사람 친구를 사귀어야 하지 않을까 하는 걱정이 들더라고요. 그때 역사지리학 수업에서 유야랑 같은 조가 됐어요."

그 수업에서는 제비뽑기로 조를 짜는데 조원이 되면 한 학기 동안 조별 과제를 같이 진행해야 했다. 고이케 유야는 눈부신 금발에 세련미가 넘치는 스타일인 데다가 성격도 싹싹하고 다정해서 주위에 늘 사람이 몰려들었다. 외로이 혼자 다니던 하루토와는 달라도 너무 달랐다. 그런 유야와 한 학기 동안 같은 조가 되어 함께 지내야 한다니, 하루토는 눈앞이 캄캄했다. 잘 지낼 수 있을 리가 없잖아! 그렇게 확신했고 핏기가 싹 가실 정도로 절망스러웠다. 미짱에게 무섭다고, 무서워서 미칠 것 같고 수업도 듣기 싫다고 한탄했다.

학창 시절에도 비슷한 상황에 처한 적이 여러 번 있었는데 그때마다 반 친구들은 "이런 덜떨어진 애랑 같은 조라니!", "조 바꿔줄 수 없어요?" 등의 끔찍한 말들을 하루토 앞에서 아무렇지 않게 해댔다. 대학생이 되어서까지 그런 비참한 경험을 되풀이하고 싶지는 않았다.

그런데 막상 같이 활동하다 보니 유야는 의외로 성실하고 착한 애였다. 하루토를 전혀 깔보거나 무시하지 않았다.

"유야라고 부르면 돼. 앞으로 잘해보자."

"그, 그래, 미, 미안. 나 같은 애랑 같은 조가 되어서."

"왜? 비싼 등록금 내고 다니는데 수업은 착실히 들어야지. 너처럼 성실한 애랑 같은 조가 돼서 정말 다행이야."

유야가 무심히 말하며 빙긋 웃었다.

유야는 귀찮은 과제도 솔선해서 하는 등 무척 성실했고 하루토와도 의외로 죽이 잘 맞았다. 사이가 차츰 가까워질수록 하루토도 유야에게 자기 의견을 스스럼없이 말하게 됐고 둘이 같이 작성한 리포트는 높은 점수를 받았다.

유야와 친해진 뒤로 하루토는 점점 더 많은 친구들과 어울리게 되었다. 유야의 권유로 살면서 한 번도 관심 둔 적 없던 테니스 동아리에도 들어갔다. 솔직히 운동은 자신과 정말 어울리지 않는다는 생각에 많이 주저했지만 다행히 선배들도 친절했고 동아리 활동도 의외로 재미있었다. 사람들과 함께 지내는 시간에 익숙해지자 친구들 앞에서도 말이 술술 나왔다.

모든 게 유야 덕분이었다.

언제부턴가 유야는 하루토에게 둘도 없는 친구가 되었다.

다만 인형을 좋아하고, 예쁘고 귀여운 것만 보면 사족을 못 쓴다는 사실만은 아직 유야에게 털어놓지 못했다.

"그런 나를 혐오할지도 모른다는 상상만으로도 아찔해요. 유야는 그런 애가 아니라는 걸 알지만, 그래도 막상 말하면 어떤 반응을 보일지 몰라서 너무 무서워요."

"그렇구나."

처음으로 생긴 친구이기에 무섭고 두렵다는 하루토의 마음이 마모리도 충분히 이해가 됐다.

친구라고 해서 속내까지 다 털어놓을 필요는 없었다. 하루토도 처음에는 이대로 숨기고 살아도 괜찮을 거라고 생각했다. 하지만 유야와 함께 보내는 시간이 늘면서 그것 또한 어려워졌다.

“유야랑 같이 놀러 나갔을 때 한 가게에서 미짱에게 사주고 싶은 리본이랑 소품을 발견했는데도 눈물을 머금고 참았거든요. 유야가 집에 놀러 왔을 때도 아기자기한 소품은 전부 치우고 미짱도 옷장에 숨겼어요.”

“어머, 어쩜 좋아.”

“그래서 이런 취미는 이제 싹 정리하고 미짱이랑도 헤어지려고 했어요.”

“응? 헤어지다니 어떻게?”

하루토가 잠을 못 자게 된 이유는 여기에 있었다. 하루토는 마음을 굳히고 미짱을 쓰레기봉투에 집어넣고는 엄마에게 버려달라 부탁하려고 본가에 갔다. 제 손으로는 도저히 쓰레기 수거함에 내다 버릴 자신이 없었기 때문이었다. 엄마라면 분명 흔쾌히 처리해 줄 것 같았다.

“쓰레기봉투에 넣어서 버렸다고? 꺅, 인형 살해 사건이다! 인형 살해, 인형 살해!”

“저, 전 버리지 말아주세요!”

“끔찍해, 끔찍해.”

인형들이 하도 아우성을 치는 바람에 카페는 아수라장이 됐다. 수플레가 도망치듯이 하루토의 무릎에서 뛰어내리자 하루토가 “앗! 죄송합니다, 죄송합니다” 하고 울먹이며 사과했다.

“사흘 전에 그런 일이 있었는데 미짱과 헤어지고 난 뒤로는 잠이 오지 않더라고요. 버릴 때까지만 해도 이게 맞다고, 미짱이랑 그동안 모아놓은 아기자기한 소품들을 전부 버리고 나면 다 잘될 거라고 생각했는데. 그랬는데……."

고개를 숙인 하루토의 얼굴에서 그 일을 얼마나 후회하는지가 절절히 느껴졌다. 미짱이 우는 모습이 머릿속에 박혀서 아무리 애를 써도 지워지지 않았고 뭘 해도 손에 잡히지 않았다. 하루토가 눈에 띄게 침울해 있자 유야도 걱정했다. 그래서 기분을 바꿔보려고 동아리 뒤풀이에도 참석했다.

"내가 정말 사랑하는 할머니의 유품이기도 했는데, 도대체 왜 그랬을까요."

하루토가 코를 훌쩍거렸다. 이런 정신 상태라면 잠이 올 리 만무했다.

"하루토……."

"말씀 중에 실례합니다."

마모리가 뭐라고 위로해야 하나 망설이는데 가에데가 카운터 테이블 위로 찻주전자를 살그머니 내려놓았다. 유리로 된 투명한 찻주전자에 연한 황록색 차가 찰랑거렸다.

"세트로 나오는 음료입니다. 따뜻한 캐모마일 차인데 허브를 넣어 만든 쿠키랑 같이 드셔보세요."

달그락거리는 소리가 계속 들렸는데 하루토가 얘기하는 동안 가에데가 카운터 뒤에서 차를 준비하고 있었나 보다.

오늘 밤 '잘 자요 세트'에는 다과도 나왔다. 레이스 모양으로 디자인된 둥근 접시에 토끼, 곰, 유니콘 모양의, 그러니까 수플레, 타르트, 보네를 닮은 쿠키가 두 개씩 놓여 있었다.

"와, 진짜 귀엽다!"

고개를 푹 숙이고 있던 하루토의 눈이 오늘 밤 본 모습 중에서 가장 환하게 반짝거렸다. 언제 울었느냐는 듯 눈물도 쏙 들어갔다.

'맞아, 달콤한 디저트도 좋아한다고 했지.'

하루토의 반응에 마모리의 입꼬리도 쓱 올라갔다. 인형을 본뜬 달콤한 과자라니, 하루토에게는 최고로 귀여운 조합이었다.

"차와 쿠키에 쓴 허브는 캐모마일과 레몬밤, 린덴 등으로 모두 마음을 차분하게 가라앉히고 잠을 잘 자게 해주는 효과가 있어요. 하지만 하루토 씨가 잠을 잘 자려면 무엇보다 미짱이 있어야 하지 않을까요?"

"아……."

하루토는 쿠키에서 눈을 떼고 가에데를 쳐다봤다.

차가 다 우러났는지 가에데는 찻주전자와 똑같은 재질의 투명한 유리잔에 캐모마일 차를 천천히 따랐다. 가에데가 평소에 덜렁거리는 구석이 있어서 마모리는 속으로 조마조마했는데 차를 내오는 동작은 차분하고 침착했다.

"차를 먼저 드셔보세요. 마모리 씨도."

"아, 네."

"잘 마시겠습니다."

쟁반을 등에 얹은 보네와 카운터에 올라간 타르트가 빈 그릇과 스푼을 재빠르게 정리했다. 깔끔한 캐모마일 차가 입안을 적시며 혀를 물들이자 온몸의 피로가 서서히 풀리는 것 같았다. 허브 쿠키도 풍미가 좋아서 자꾸만 손이 갔다.

"와! 자기 전에 마시기에 딱 좋은 차네요. 근데 하루토는 안 먹어?"

"예뻐서 도저히 먹을 수가 없어요."

하루토는 캐모마일 차는 마셨지만 쿠키에는 손도 대지 않았다. 이렇게 귀엽고 예쁜 걸 좋아하는데 미짱을 버릴 결심을 하다니, 그동안 하루토가 얼마나 마음을 억누른 채 지내왔는지 알 것 같아 마모리는 가슴이 아팠다.

"아무래도 하루토는 지금 이대로가 좋은 것 같아. 그렇게 억지로 취향을 바꾸지 않아도 돼."

"저도 같은 생각이에요. 잠을 못 잘 정도로 괴로운데 꼭 취향을 바꿔야 할까요?"

마모리에 이어 가에데도 말을 보탰다. 그러자 하루토의 수수한 얼굴이 잔뜩 일그러졌다.

"그, 그렇지만 유야한테는 더 이상 숨길 수가 없어요. 미짱도 나 때문에 그렇게 됐고요."

"있잖아, 유야도 아마 눈치채지 않았을까?"

인형 살해라고 야유하며 한쪽 벽 구석으로 도망쳤던 수플레가 하루토의 발밑으로 슬슬 다가오며 끼어들었다.

"눈치채다니, 그게 무슨 말이에요?"

"하루토는 감정이 얼굴에 그대로 드러나거든. 좋아하는 걸 보면 이렇게 금방 얼굴색이 바뀌는데 친한 친구라면 바로 알아챌걸. 하루토가 숨기고 싶어 하니까 대놓고 얘기를 안 할 뿐이지, 유야는 이미 알고 있을 거야."

수플레의 지적에 마모리도 동의한다며 고개를 끄덕였다.

하루토는 감정이 표정과 태도에 아주 쉽게 드러났다. 거짓말을 못하는 사람이라는 건 만난 지 얼마 안 된 마모리도 바로 알 수 있었다. 사고 싶은 물건이 있어도 애써 참고, 친구가 온다고 방을 치우는 등 하루토 나름대로 숨기려 노력했겠지만 유야가 처음부터 눈치챘을 거라는 수플레의 말은 꽤 설득력 있게 들렸다. 아마도 유야는 친구를 향한 타고난 다정함과 배려심 때문에 알면서도 모른 척하고 있을지 몰랐다.

"설마! 유야가 정말 알고 있을까요? 그럼 너무 창피한데."

"그럴 수도 있다는 얘기지."

"헉, 맞아요! 유야는 엄청 세심하거든요. 게다가 생각해 보니 유야 앞에서 실수한 적도 많아요. 어떡해요, 정말 그런 것 같아요."

잔에 든 차가 쏟아질 정도로 하루토는 머리를 감싸며 안절부절못했다. 마음에 걸리는 일이 하나둘 떠오르는 듯했다. 다만 이건 어디까지나 수플레의 추측일 뿐이었다.

"혼자 끙끙대지 말고 유야한테 직접 물어봐. 만약에 유야가 모르고 있어서 제 무덤을 파는 꼴이 되더라도 그건 그것대로 어쩔 수 없지 뭐. 솔직해지는 편이 하루토도 마음 편할 거야. 확실해."

"아, 도저히 못 하겠어요. 그리고 미짱도 이제 없잖아요."

"미짱을 버렸는지 어쨌는지도 아직 모르잖아."

우선은 사실부터 확인해 보자며 수플레가 하루토를 달랬다. 수플레가 "이얍!" 하고 뛰어오르더니 몸을 비틀어 한쪽 귀로 하루토의 등짝을 힘차게 때렸다. 귀 안엔 솜이 들었을 테니 아플 리는 없겠지만 하루토는 "아, 네!" 하고 놀라며 등을 쭉 폈다. 수플레의 갑작스러운 스매싱에 타르트뿐만 아니라 가에데도 당황했다.

"이런, 수플레! 손님한테 그러면 못써. 우리 카페, 이상한 가게라고 소문나면 어떡하려고!"

"가에데 씨, 가게 평판도 신경 쓰는 분이셨군요."

이렇게나 이상한 카페를 운영하면서 의외로 현실적인 생각을 하는 게 오히려 신기했다. 애초에 이 카페는 가게 안으로 들어오는 순간 스마트폰 전원조차 꺼져버린다. 밖에서 가지고 들어온 태블릿이나 카메라 등도 전부 작동하지 않을 터였다. 인터넷에 악플이 달린다든가 논란이 된다든가 하는 일은 없을 테니 쓸데없는 걱정이었다.

"마스터, 괜찮아요. 수플레 말이 맞아요. 수플레가 조언한

대로 해보려고요."

그새 얼굴빛이 조금 달라진 하루토가 잔에 남은 차를 벌컥 마셨다. 쿠키는 너무 귀여워서 도저히 먹을 수 없다며 마모리에게 양보했다. 그러더니 의자에서 일어나 수플레에게 "정말 고맙습니다!" 하고 인사했다.

"하하, 힘내."

"네!"

어느새 수플레와 하루토는 멘토와 멘티 같은 사이가 되어 있었다. 인형이라 표정이 바뀔 리 없건만 팔짱을 낀 채 하루토를 독려하는 수플레의 얼굴은 왠지 근엄하고 의젓해 보였다.

"미짱에게도 한 가닥 희망을 걸어보려고요. 왜 그렇게 바보 같은 짓을 했을까요. 늦지 않았다면 미짱을 만나 사과하고 싶어요."

하루토가 주먹을 불끈 쥐었다. 마모리도 하루토의 어머니가 미짱을 버리지 않았기만을 빌었다.

"그런데, 저, 계산 좀?"

옆으로 맨 가방을 고쳐 매며 하루토는 가에데의 얼굴을 흘깃흘깃 살폈다. 동아리 뒤풀이 참석비를 내고 난 뒤라 돈이 얼마 없는지 하루토는 불안한 얼굴로 반지갑을 만지작댔다.

"걱정 마세요. 지금 저희 가게는 임시 영업 중이라 음식값을 안 받아요."

"공, 공짜라고요? 학생은 무료인 건가요?"

"난 학생이 아닌데도 공짜야."

쭈뼛거리는 하루토에게 마모리가 싱긋 웃으며 말했다. 공짜는 공짜대로 왠지 찝찝했지만 말이다. 게다가 이번에도 덤으로 선물까지 주었다.

"세트에 포함된 선물인데 향주머니랍니다!"

"마모리 씨 것도 있어요."

하루토에게는 타르트가 선물을 머리 위에 이고 달려와, 마모리에게는 보네가 등 위에 싣고 날아와 각각 향주머니를 건넸다. 지난번에 받은 라벤더 향주머니와 달리 새틴 소재의 흰색 천으로 만든 리본으로 묶여 있었다.

"저까지 챙겨주시고 정말 고맙습니다. 이것도 향이 참 좋네요. 뭔가 익숙하면서도 그리운 향이랄까."

향주머니에선 무척 고급스러우면서도 친숙한 향이 났다. 라벤더 향처럼 분명하게 분간할 수는 없었지만 자주 맡아본 향이었다.

"할머니 냄새랑 비슷하네."

"샌달우드 향이에요."

하루토가 혼자 중얼거린 말을 듣고 가에데가 눈가에 웃음을 지으며 알려주었다.

"샌달우드?"

"우리말로는 백단향이라고 해요. 옛날부터 귀히 여겨온 향나무로 절에서도 많이 쓰고 집에서 피우는 선향으로도 쓴답니다. 자연의 맑고 건강한 기운을 느낄 수 있는 향이라서 잘 때 옆에 두고 자면 기분이 편안해져요.”

“그래서 할머니가!”

하루토는 고개를 살며시 주억거렸다. 하루토 할머니 댁에는 할아버지의 위패를 모신 불단이 있었는데 할머니는 불단에 자주 향을 피웠다고 한다. 할머니가 피우던 향과 비슷한 냄새가 미짱을 떠오르게 했는지 하루토의 눈가가 다시 촉촉해졌다. 하지만 하루토는 눈물을 꾹 삼키며 향주머니를 청바지 주머니에 집어넣었다.

“오늘 밤 여기 와서 정말 다행이에요. 내게 소중한 것이 무엇인지 새삼 깨달았어요.”

수플레뿐만 아니라 가에데와 다른 인형들에게도 머리를 깊이 숙여 인사한 뒤 하루토는 카페를 나섰다. 왕관을 본뜬 조명에서 흘러나온 불빛이 희미하게 흔들렸다.

“안녕히 주무세요. 좋은 밤 보내시길.”

가에데가 웃는 얼굴로 하루토를 배웅하며 밤 인사를 전했다.

문이 닫히고 하루토가 나간 걸 확인하고 난 뒤 마모리는 하루토가 남긴 쿠키를 집어 먹었다. 곰 모양 쿠키의 한쪽 귀가 똑 떨어져 나가자 타르트가 꺅, 하고 한쪽 귀를 부여잡으며 너스레를 떨었다.

“미짱을 찾으면 정말 좋겠네요.”

“그러게요. 앞으로 하루토가 유야랑 좀 더 편한 친구가 되면 모두 수플레 덕분인가?”

가에데의 말에 수플레가 곧바로 “칭찬 맞지?” 하고 으스대자 웬일인지 보네가 “나도 열심히 해야지!” 하고 의욕을 보였다.

인형들의 모습을 지켜보면서 차와 쿠키를 먹던 마모리의 시선이 문득 테이블에 놓인 향주머니로 향했다. 향도 더할 나위 없이 좋았지만 손바느질로 만든 향주머니의 만듦새도 훌륭했다. 가방에 넣어둔 라벤더 향주머니도 같은 사람의 솜씨 같았다.

“향주머니, 직접 만든 거라고 들었는데 가에데 씨가 만든 거예요? 수플레랑 다른 인형들도 직접 만드셨어요?”

“아, 그건…… 아앗.”

“가에데 씨?”

지난번에 이름을 물었을 때와 똑같았다. 가에데는 얼굴을 찡그리며 한 손으로는 이마를 누르고 다른 한 손으로는 카운터를 짚으며 당장이라도 쓰러질 듯한 몸을 겨우 지탱했다. 마모리는 놀라서 의자에서 벌떡 일어섰다.

‘또, 또 왜 그러지? 혹시?’

가에데는 자기 얘기만 나오면 끔찍한 두통을 일으키는 듯했다. 마모리가 원인을 몰라 전전긍긍하고 있는데 인형들이 가에데 곁으로 모여들었다. 타르트와 수플레는 카운터에 올라가 가에데의 팔을 잡았고 보네는 앞발로 가에데의 어깨를 붙잡았다. 화기애애하던 카페에 긴장이 감돌았다. 가에데의 이마에서 땀이 흘러내렸다.

"향주머니…… 향주머니랑 인형들을 만든 건…… 제가, 아니에요."

"가, 가에데 씨가 아니라고요?"

"누구지…… 누가……."

가에데는 생각해 내려 애썼다. 이마를 누른 손에 힘이 들어갔다.

"아……."

가에데의 손목이 순간 투명하게 보여서 마모리는 자기 눈을 의심했다. 투명한 손목 뒤로 선반이 보였다.

'뭐, 뭐야. 지금 이건 도대체 뭐지?'

눈 깜짝할 사이에 일어난 일이었다. 마모리가 잘못 본 걸까.

가에데가 이렇게 괴로워할 때면 인형들은 아무 말도 하지 않았고 그저 가에데에게 딱 달라붙어 있을 뿐이었다. 가에데가 겨우 호흡을 가다듬고 천천히 얼굴을 들었다.

"죄송합니다, 마모리 씨. 제가 만들지 않았다는 건 분명한데 누가 만들었는지도 떠오르지 않네요."

"괘, 괜찮아요, 정말로. 별생각 없이 물어본 건데!"

평정을 되찾은 가에데를 보고 마모리는 안도의 한숨을 내쉬며 애써 미소를 지어 보였다. 하지만 찻잔 속 캐모마일 차는 마모리의 미소에 가려진 고뇌를 비춰내었다.

'도대체 어떤 비밀이 숨겨진 걸까?'

마모리의 마음속에 다시 카페와 가에데, 인형들에 대한 궁금증이 부풀어 올랐다.

⌒

카페에서 나온 하루토는 택시를 잡아탔다. 현금이 얼마 없었지만 마침 친절한 동아리 선배가 준 택시 요금 할인권이 있었다. 초승달을 바라보며 하루토는 독립해 혼자 사는 집이 아니라 가까운 도시에 있는 본가로 향했다.

"어쩐 일이야, 이 밤에 갑자기 집에를 다 오고?"

주택가 한가운데에 지은 지 15년쯤 된 단독주택이 보였다. 열쇠로 문을 열고 들어갔더니 아직 잠자리에 들기 전이었는지 실내복 차림을 한 엄마가 현관으로 나왔다. 아빠가 출장 중이어서 차고는 비어 있었고 집에는 엄마 혼자였다.

하루토의 수수한 얼굴은 엄마를 빼다 박은 듯했지만 성격은 조금도 닮지 않았다. 엄마의 직설적인 화법과 거침없는 행동을 하루토는 동경하는 한편으로 두려워했다. 엄마는 아무런 연락도 없이 한밤중에 찾아온 아들을 의아한 눈으로 쳐다봤다.

현관의 희미한 불빛 아래 엄마의 눈동자가 요괴의 눈처럼 번뜩였다. 그 눈빛에 움츠러든 하루토는 "어, 저기" 하고 우물쭈물할 뿐 찾아온 이유를 밝히지 못했다. 버려달라고 부탁한 인형을 다시 찾으러 왔다고 말할 뻔뻔함이 하루토에겐 없었다. 작은 일에도 겁을 내고 주눅 드는 성격 탓에 하루토는 오랫동안 친구를 사귀지 못했는데, 엄마 앞에선 마음이 더욱 쪼그라들었다.

"사, 사흘 전에 있잖아."

입을 달싹거리는데 바지 뒷주머니에서 스마트폰이 진동했다. 이 시간에 하루토에게 연락할 사람은 한 명뿐이었다. 엄마에게 양해를 구하고 스마트폰을 확인했다. 역시나 유야에게서 온 문자였다. 어둠 속에서 눈에 힘을 주어 문자를 읽었다.

"뒤풀이 때 보니까 컨디션이 안 좋아 보이던데 잘 들어갔어? 고민 있으면 뭐든 얘기해. 다 들어줄 테니까. 대신에 밥 사기!"

친구를 살필 줄 아는 유야다운 배려에 하루토의 입꼬리가 슬그머니 올라갔다. 하고 싶은 말이 있으면 당당히 말해, 그렇게 유야가 등을 밀어주는 듯해서 마음을 다잡고 입을 열었다.

"그때 버려달라고 부탁했던 미짱, 어떻게 했어?"

하지만 엄마의 대답은 단호했다.

"인형? 어제가 쓰레기 버리는 날이었잖아."

"아악."

하루토는 경악했다. 한발 늦었구나 싶어 온몸에서 힘이 쫙 빠지고 무릎이 꺾이면서 당장이라도 차가운 현관 바닥에 주저앉을 것만 같았는데 엄마가 "끝까지 들어봐" 하고 언짢은 듯 팔짱을 끼며 말을 이었다.

"어제가 쓰레기 버리는 날이었는데 아직 안 버렸어. 어차피 다시 찾으러 올 것 같아서."

"아, 안 버렸다고? 그럼 아직 있어?"

"응, 거실에."

"저, 정말? 그, 아, 어디, 어디?"

하루토는 재빨리 신발을 벗었다. 한시라도 빨리 확인하고 싶어서 덤벙대는 아들이 어이가 없는지 엄마는 한숨을 푹 쉬었다.

"인형 같은 건 이제 졸업할 때가 되지 않았니? 마음 같아선 당장 내다 버리고 싶었지만 할머니가 사주신 거기도 하고, 네가 너무 좋아했던 인형이라 그냥 뒀어. 그런데 이게 그렇게 사색이 돼서 한밤중에 달려올 일이니? 나 원 참."

"엄마."

느긋한 어조로 타이르더니 엄마는 하품을 하며 2층 안방으로 올라갔다. 대학생이 된 뒤로 친구도 생기고 이젠 어엿한 성인이 되었지만 엄마 앞에서는 늘 소심한 어린아이가 되고 만다. 아마 평생 엄마의 손바닥 안에서 벗어나지 못할 듯싶었다.

우당탕탕 시끄럽게 발소리를 내며 거실로 달려가 살펴보니 식탁 밑에 미짱이 든 쓰레기봉투가 놓여 있었다. 하루토가 맡겨놓은 그대로였다.

"미짱!"

하루토는 털썩 주저앉아 어수룩한 손놀림으로 쓰레기봉투를 겨우 열고는 보드랍고 폭신폭신한 인형을 꺼내 힘껏 끌어안았다.

"미안, 미안해."

―어서 와.

미짱의 목 언저리에 얼굴을 파묻었더니 생전에 할머니가 피우던 백단향이 났다. 청바지 주머니에 넣어둔 향주머니와 똑같은 향이었다.

배를 눌렀는지 미짱이 미, 하고 소리를 냈다.

하루토에게는 마치 "어서 와" 하고 인사하는 소리처럼 들렸다.

3장

악몽의 정체

사에키 미미코는 무언가에 쫓기고 있었다.

정체를 알 수 없는 누군가가 아무 말도 없이 미미코의 등을 노리고 끈질기게 쫓아왔다. 그때마다 미미코는 죽을힘을 다해 도망쳤고 다행히 아직까지는 잡히지 않았다.

잡히면 과연 어떻게 될까.

정체를 확인해 보려고 몇 번 뒤돌아보기도 했지만 결국 용기가 나지 않아 다시 앞만 보며 힘껏 도망쳤다. 매일 밤 벌어지는 일이라 정신적인 피로는 이제 극에 달했다.

정체 모를 무언가만 없다면 미미코의 인생은 그야말로 장밋빛이었다. 모든 사람이 축복해 마지않는 행복을 거머쥘 참이었다.

이 행복을 결코 놓치고 싶지 않았다.

미미코는 이제 곧 인생의 찬란한 황금기를 만끽할 터였다.

그런데 오늘 밤도 미미코는 계속 쫓기고 있었다.

덜컹덜컹.

한적한 전철을 타고 퇴근하면서 마모리는 의자에 등을 기댄 채 휴우, 하고 숨을 길게 내쉬었다.

주말을 앞둔 금요일. 어김없이 야근을 했고 차창 밖은 짙은 어둠에 젖어 있었다. 하지만 오늘은 회사에서 처음으로 이벤트를 단독으로 추진해 보라는 제안을 받아서인지 설레고 들뜬 마음에 지친 줄도 몰랐다.

9월에 접어들면서 이벤트 업계는 성수기에 들어섰다. 행사야 1년 내내 있지만 무더운 여름이 끝나고 활동하기 좋은 가을이 되자 행사 일정이 폭발적으로 증가했다. 이런 분위기는 대체로 연말까지 이어지곤 했다. 그러다 보니 규모가 작은 마모리네 회사도 신규 사업이 쏟아져 들어오거나 이전부터 준비해 왔던 행사가 본격적으로 시작되는 등 분주해졌다.

마모리는 오래도록 후루타 뒤에서 일을 보조하는 업무만 해왔다.

'그런데, 중간에 투입된 거긴 하지만 사업을 혼자서 맡게 될 줄이야!'

오늘 아침 미우라가 불렀을 때만 해도 마모리는 오랜만에 또 귀찮은 잔소리를 하려는구나 싶어 씩씩대며 미우라를 찾아갔다. 그런데 예상과 달리 이번엔 업무와 관련한 중요한 호출이었다. 지역 음식점 조합이 새로 기획한 '옥토버페스트'를 맡아서 해보지 않겠느냐고 제안한 것이다.

옥토버페스트는 원래 독일 뮌헨에서 열리는 세계적인 맥주 축제로 9월 중순부터 2주에 걸쳐 광장에서 펼쳐지는데 해마다 몇백만 명이 몰려들었다. 최근 일본에서도 본고장인 독일의 옥토버페스트를 모티브로 한 축제가 전국 곳곳에서 다양한 규모로 열렸다.

이번에 마모리가 맡은 행사는 1년 전부터 미우라가 진행하던 사업이었다. 지역의 소소한 축제로 규모는 작았지만 그런 건 넘쳐흐르는 의욕 앞에선 아무런 문제가 되지 않았다.

드디어 꿈에 그리던 일을 할 수 있게 됐다. 반드시 성공시키겠다며 마모리는 전에 없을 정도로 투지를 불태웠다.

'가에데 씨랑 인형들에게도 빨리 알려줘야지.'

좌우로 흔들리는 손잡이를 눈으로 좇으면서 귀엽고 발랄한 얼굴들을 떠올렸다. 이대로 집과 가장 가까운 역을 그냥 지나칠 작정이었다. 카페에 다녀온 지 사흘밖에 안 지났지만 마음 같아서는 매일 밤 가고 싶었다. 참새가 방앗간을 못 지나치듯 이젠 발길이 절로 푹 자요 카페로 향했다.

하지만 한편으로는 걱정도 됐다.

'내가 모르는 사이에 카페가 바람처럼 사라져 버렸으면 어떡하지.'

낮에 찾아갔을 때 폐허로 변한 카페를 보고 난 뒤로는 낮에

본 모습이 진짜 현실이고 가에데와 인형들은 역시 환상인 것만 같아 불안했다. 머리로는 이해할 수 없는 기상천외한 현상의 비밀을 직접 풀고 싶기도 했지만 무엇보다 지금은 마모리가 모르는 사이에 카페가 사라지지 않기만을 간절히 빌었다.

쿵!

그때 전철이 덜컹하고 크게 흔들렸다. 몸이 균형을 잃고 옆으로 기울었는데 맞은편에 앉아 졸고 있던 남자도 몸이 크게 기우뚱했다. 그 바람에 남자의 무릎 위에 있던 서류 가방에서 A4 용지가 바닥으로 와르르 쏟아졌다. 업무용 자료인지 빽빽이 채워진 글자와 그래프가 얼핏 보였다.

"앗, 이런."

눈을 뜬 남자는 곤혹스러운 표정으로 자료를 주섬주섬 모아서 챙겼다.

'아, 저 사람.'

선한 인상에 짙은 다크서클과 잔뜩 구겨진 양복이 눈에 익었다. 이전에도 전철에서 마주친 적 있는, 마모리가 같은 부류의 인간을 발견했다며 애잔한 감정을 느꼈던 피로에 찌든 회사원이었다.

'저런 모습도 나랑 비슷하네.'

지난번에 마모리가 실수했던 것처럼 그 남자도 사원증을 목에 걸고 있었다. 바닥에 쪼그린 남자의 목에서 사원증이 툭 떨어져 대롱거렸다. 마음이 짠했다.

"도와드릴까요?"

남 일 같지 않아 마모리는 남자에게 말을 걸었다. 다른 사람이 보면 안 될 자료가 있을지 몰라서 노파심에 일단 먼저 물어보았다. 조금 떨어진 자리에 앉은 패딩을 입은 청년은 음악에 빠져 있었고 또 다른 중년 남성도 책에서 눈을 떼지 않아서 남자를 도우러 다가간 사람은 마모리뿐이었다.

남자가 놀라며 고개를 들었다.

"죄, 죄송합니다! 괜찮습니다. 으아악!"

전철이 다시 한바탕 덜컹대는 바람에 그 충격으로 가방에서 종이 뭉치가 또 튀어나왔다. 남자의 얼굴이 잔뜩 일그러졌다. 혼자서 다 주워 담기는 힘들 것 같아 마모리는 가능한 한 내용을 보지 않으려 애쓰며 A4 용지를 주웠다.

"아이고, 죄송합니다. 정말 죄송해요."

"아니에요. 이제 다 됐나요?"

"네, 정말 고맙습니다."

순서도 분류도 엉망이 됐겠지만 일단 모은 자료를 남자에게 건넸다. 자료를 받아 든 남자는 연신 허리를 굽히며 감사를 표했다. 사죄하는 데 익숙한 몸짓이 역시나 남 일 같지 않아 마모리는 씁쓸했다.

'이름이 다도코로구나. 의료기기 회사 영업직인가?'

사원증에는 이름, 소속 등 개인정보가 다 들어 있었다. 꽤 규모가 큰 기업에 다니는구나 싶어 내심 놀랐다.

"저, 괜한 오지랖일지 모르겠지만 사원증도…….”

“악!”

말 나온 김에 알려줬더니 다도코로는 자료를 껴안은 채로 서둘러 사원증을 뺐다. 그때 사원증에 새겨진 얼굴 사진이 슬쩍 보였는데 갓 입사할 당시 찍었는지 지금보다 훨씬 생기 있고 어려 보였다. 같은 사람이라고 믿기 어려울 정도로 딴판이었다.

“창피하네요. 매일 야근하다 보니 요새 잠을 통 못 자서요. 그래서 그런지 집중력도 떨어지고 주의도 산만해지고 그러네요.”

민망함을 감추려는 듯 수줍게 웃는 다도코로에게서 며칠 전 자신의 모습이 겹쳐 보였다. 마모리는 자기도 모르게 정장 바지 주머니에 손을 넣어 향주머니를 꺼냈다.

“이거 드릴게요.”

“네?”

“향주머니, 그러니까, 향이 나는 물건이에요. 수면에 좋은 향이라서 머리맡에 두고 자면 좋아요. 아, 이상한 종교나 다단계 그런 거 아니에요!”

“네?”

다도코로의 머리 위로 물음표가 한가득 떠오르는 듯 보였지만 마모리의 기세에 눌렸는지 다도코로는 향주머니를 순순히 받았다. 라벤더 향주머니는 집에 두고 나와서 다도코로에게는 샌달우드 향주머니를 주었다. 향도 샌달우드 향주머니가 더 짙었다.

"저도 선물받은 건데 효과가 진짜 좋아서요. 도움이 되면 좋겠네요! 밤늦게까지 정말 고생 많으셨습니다."

"아앗! 잠깐."

전철이 역에 도착하자 마모리는 서둘러 인사하고 다도코로의 멍한 얼굴을 흘깃 쳐다보고는 승강장에 내렸다.

'괜한 오지랖을 부렸네.'

이상한 짓을 하지는 않았다고, 그냥 도움을 주고 싶었을 뿐이라고 속으로 애써 변명을 해봤지만 돌이켜 보니 꽤 이상한 사람으로 비쳤을 것 같았다. 하지만 "고생 많으셨습니다"라는 가에데의 인사말에 마모리가 큰 위로를 받았듯이, 제 모습을 보는 것만 같아 마음이 쓰이는 다도코로에게도 그 말과 함께 뭔가 수면에 좋은 선물을 해주고 싶었다. 가에데가 준 향주머니를 허락도 없이 다른 사람에게 건네고 말았지만 가에데도 이해해 줄 것 같았다.

'카페에 같이 들르자고 할 걸 그랬나?'

아니다, 그랬다간 정말로 이상한 사람이라고 생각할 것이다. 전철은 이미 다음 역을 향해 달려가고 있었고, 마모리도 짧게 친 머리칼을 귀 뒤로 꽂으며 푹 자요 카페를 향해 걸어갔다.

금요일 밤이어서 그런지 거리의 술집들은 어디나 사람들로 북적댔다. 대학생 무리가 와르르 가게로 들어가는 모습을 보니 하루토가 떠올랐다.

'문제는 잘 해결됐을까? 지금은 잘 자고 있으면 좋겠다.'

마모리는 마음속으로 기도하며 좁고 조용한 골목가로 들어섰다. 휘영청 밝은 달 덕분에 오늘 밤은 거리가 은은히 빛나는 듯했다. 카페의 불빛이 눈앞에 보이자 마모리는 자기도 모르게 가슴을 쓸어내렸다. 오늘 밤도 또 카페에 갈 수 있다고 생각하니 걸음이 빨라졌다.

"어?"

순간 멈칫했다.

호리호리한 여성이 전봇대에 기댄 채 웅크려 앉아 있었다.

"괘, 괜찮으세요?"

"으음."

마모리가 달려갔더니 여성은 손으로 입을 틀어막으며 천천히 얼굴을 들었다. 나이는 마모리와 비슷해 보였다. 정갈하게 말아 올려 묶은 밤색 머리, 갸름한 얼굴에 또렷한 쌍꺼풀 등 입가는 보이지 않았지만 한눈에도 눈부신 미인임을 알 수 있었다. 수수한 화장과 단아한 네일에서도 고상하고 우아한 분위기가 물씬 풍겼고 검붉은색 정장에선 품위가 느껴졌다. 그런데 아무리 봐도 구토를 참느라 애쓰는 표정이었고 몸도 많이 힘들어 보였다.

"의식은 있는 것 같은데, 이름 말할 수 있겠어요?"

"미미코. 사에키 미미코."

마모리의 질문에 미미코가 곧바로 대답했다. 정신은 멀쩡한 모양이었다.

"술을 좀 많이 마셨나 봐요. 속이……."

"어, 어디 들어가서 좀 쉬실래요? 이 근처에 카페가 하나 있긴 한데."

"카페요? 그, 그럼 거기로 갈게요."

"저도 마침 카페에 가던 길이니까 같이 가요."

전봇대에 의지해 비틀거리며 일어선 미미코를 마모리가 옆에서 부축했다. 둘이 딱 붙어서 카페 문을 열고 안으로 들어갔다.

"어서 오세요. 푹 자요 카페입니…… 아앗!"

가장 먼저 인사를 건네던 타르트가 깜짝 놀라서 바닥을 쿵쾅쿵쾅 뛰어다니며 소리를 질렀다.

"환자, 환자예요!"

공중을 떠다니던 보네도 내려와서는 "큰일 났어요!" 하고 같이 허둥댔다.

"타, 타르트, 보네! 잠깐만."

"무슨 일이야?"

소란스러운 소리에 가에데가 카운터 안쪽 문을 열고 나왔다. 가에데의 황금색 머리 위에는 수플레가 배를 깔고 누워 있었는데 어딘가 얼빠진 모습이었다.

"인형이 살아 있어?"

미미코가 놀라 소리를 질렀지만 설명할 여유가 없었다. 믿었던 가에데까지 타르트, 보네와 똑같이 눈을 휘둥그레 뜬 채 야단법석을 떨었다.

"크, 큰일이다! 침착, 침착하게, 마모리 씨! 우선 여성분을 어떻게든…… 아, 물부터, 물!"

"아휴, 가에데 씨야말로 좀 진정하세요."

물을 갖다준다고 하더니 가에데의 손에는 무슨 까닭인지 컵이 아니라 밥그릇이 들려 있었다. 오차즈케를 먹을 때 봤던 밥그릇이었다. 마모리는 가에데를 진정시키며 상황을 간략히 설명했다.

"술을 많이 마셔서 컨디션이 좋지 않은 것 같아요. 전봇대 옆에 주저앉아 있더라고요. 이 근처라서 잠깐 쉬어가면 좋을 것 같아서 데려왔어요. 죄송해요."

"그거야 상관없지만! 이, 이럴 때는 어떻게 해야 하지? 그, 그러니까."

"이런, 전혀 도움이 안 되네."

유일하게 냉정한 수플레가 신속하게 조치를 내렸다. 가에데의 머리 위에 누운 채로 각자가 할 일을 지시했다.

"2층에 소파가 있으니까 마모리 씨가 데리고 가서 거기에 눕혀요."

"아, 응."

"타르트는 차가운 물수건을 준비해."

"어, 알았어!"

"보네는 얇은 담요를 준비하고. 토할지도 모르니까 비닐봉지도."

"알겠습니다!"

"마스터는 아무것도 안 해도 돼. 참, 컵에다 물 좀."

"알았어, 물, 물!"

이 카페의 진짜 주인은 어쩌면 수플레일지도 모른다는 생각이 들 정도로 수플레는 딱 부러지게 상황을 정리했고 모두 고개를 끄덕이며 수플레의 지시를 따랐다.

마모리는 파키라 나무 옆 나선계단까지 미미코를 부축해 데리고 갔다. 2층은 마모리도 처음 올라가 봤다.

"계단 올라갈 수 있겠어요?"

"네."

미미코가 고개를 살짝 끄덕이고는 한 단 한 단 조심스레 올라갔다.

'와! 2층은 이런 느낌이구나.'

한 층을 통째로 터놓은 탁 트인 공간이었는데 층고는 좀 낮았다. 벽은 책꽂이로 둘러싸여 있었고 모르는 외국어로 쓰인 책들이 쭉 꽂혀 있었다. 북엔드로 구분해 놓은 책들 사이로 아기자기한 소품이 놓여 있었다. 에펠탑 모형, 화려한 마트료시카, 훌라댄스를 추는 구릿빛 피부의 인형 등 이곳에 놓인 소품에서도 이국적인 분위기가 흘러넘쳤다.

'카운터 안쪽 선반에도 외국에서 사 온 듯한 식기가 많던 데…….'

가에데가 취향껏 모아놓은 물건일까. 마모리는 눈으로 공간을 쓱 훑어봤다. 거실 한가운데에는 2인용 소파와 나무 테이블, 흔들의자가 놓여 있었다. 소파 위의 별 모양 쿠션, 흔들의자를 장식한 초승달 모양 쿠션이 검푸른색 러그와 어우러져 방 안에 작은 밤하늘을 재현해 놓은 듯했다. 창문이 두 개 있었는데 둘 다 검은 커튼이 쳐져 있었고 흔들의자 옆에는 가정용 천체 투영기도 있었다.

가구 배치로 봐서는 손님용 공간은 아닌 것 같았다. 집주인이 편히 쉬기 위해 꾸며놓은 거실 느낌이랄까. 혹은 좋아하는 것들만 모아둔 비밀 아지트 같기도 했다.

'가에데 씨의 방일까. 아, 지금 이럴 때가 아니지!'

2층의 낯선 공간에 정신을 뺏겨 잠시 한눈을 팔던 마모리가 미미코를 소파에 천천히 눕혔다. 미미코가 정장 재킷을 벗고 나자 마모리가 블라우스의 첫 단추를 풀어 목둘레를 느슨하게 해주었다. 이렇게 하면 숨쉬기가 훨씬 편할 터였다.

"담요랑 비닐봉지 가져왔어요!"

수플레가 지시한 물건을 보네가 등에 지고 계단 위를 휙 날아 가져왔다. 마모리가 받아서 담요를 펼쳐 미미코의 몸에 덮어주었다. 세계 여러 나라의 국기가 그려진 담요였는데 무척 보들보들했다.

"비닐봉지는 테이블 위에 둘게요. 필요하면 쓰세요."

"정말 고마워요."

"감사는 저보다 카페 직원분들에게 하세요."

컨디션을 회복하고 나면 기상천외한 카페 분위기에 다시금 놀랄지도 모르겠지만 마모리와 하루토가 그랬듯 자연스럽게 받아들여 주기를 마음속으로 빌었다.

"저, 원래 술은 아무리 마셔도 취하지 않거든요. 그런데 요새 악몽 때문에 잠을 통 못 자서 컨디션이 안 좋았나 봐요."

"악몽?"

미미코가 중얼중얼 내뱉은 말을 마모리가 듣고 고개를 갸웃했다. 마모리, 하루토가 그랬듯 어쩌다 이 카페에 흘러들어 온 미미코도 잠을 못 자 괴로운 신세였다. 자세히 물어보려는데 미미코의 눈꺼풀이 푹 감겼다.

"마, 마모리 씨, 도와주세요."

그때 계단 쪽에서 가느다란 목소리가 들렸다.

"타르트?"

"무, 무거워요."

쟁반을 머리 위로 치켜든 타르트가 천과 솜으로 된 양팔을 부들부들 떨면서 계단 중간쯤에 서 있었다. 쟁반에는 물수건과 물이 가득 든 컵이 놓여 있었다. 타르트의 작은 몸으로는 이것들을 들고 계단을 오르기가 힘에 부칠 만했다. 마모리가 쟁반을 쓱 들어 올렸다.

“휴, 고마워요.”

“계단 오르느라 힘들었겠다. 물컵은 가에데 씨한테 부탁하면 좋았을걸.”

“마스터는 계단 근처에 못 와요.”

“응?”

가에데에 관한 새로운 사실을 알게 됐다. 이 사실을 어떻게 받아들여야 할지 몰라 마모리가 어리둥절해하는데 그때 마침 수플레가 밑에서 타르트를 불렀다.

“타르트, 다 전달했으면 밑에 와서 나 좀 도와줘!”

“수플레는 인형을 너무 막 부려먹는다니깐.”

동그란 꼬리를 살랑살랑 흔들면서 타르트가 계단을 내려갔다.

마모리도 2층에 우두커니 앉아 있기가 어색해서 눈을 감고 있는 미미코에게 테이블에 물수건과 마실 물이 있다고 알려주고는 1층으로 내려갔다. 대신 보네가 미미코 옆에 남아서 지켜보기로 했다.

카운터 너머에서 가에데가 빙긋 웃으며 말을 걸었다.

“마모리 씨도 고생하셨어요. 한숨 돌리시라고 저쪽 테이블에 음식 준비해 뒀어요.”

테이블 위를 보니 나뭇잎 모양 접시 위에 파운드케이크 두 조각이, 머그잔에는 우유가 담겨 있었다. ‘잘 자요 세트’보다는 소박한 차림이었다.

‘계단에 가까이 갈 수 없다던데 정말이에요? 2층에는 못 올

라가요?'

"제 얼굴에 뭐가 묻었나요?"

마음속으로 물으며 자기도 모르게 가에데의 얼굴을 물끄러미 들여다보았는지 가에데가 뺨을 살살 만지며 의아해했다.

"아, 아니에요. 아무것도 없어요!"

마모리는 의자에 앉아 우유와 케이크를 먹었다.

"이 머그잔, 카운터 안쪽 선반에 있던 거네요. 어, 이건 바나나우유가 아니네요?"

출렁이는 바다를 표현한 듯 선명하고 파란 그러데이션이 돋보이는 머그잔이었다. 컵을 들어 코에 갖다 대자 달콤하면서도 약간 씁쓰레한 향이 났다.

"바나나보다는 조금 쓴맛이 날 거예요."

"쓴맛이라, 앗!"

카운터에서 나온 가에데가 던져준 힌트 덕분에 마모리는 한 모금 마시고 단번에 알아맞혔다.

"아몬드, 맞죠?"

"네, 맞아요. 아몬드 우유예요. 파운드케이크에도 으깬 캐슈너트, 피스타치오, 호두 등의 견과류가 들어 있어요."

"우리도 으깨는 걸 도왔어요!"

"얼마나 힘들었는데요."

슬금슬금 다가온 수플레와 타르트가 입 모아 하소연했다.

수플레와 타르트의 수고까지 들어간 파운드케이크를 마모

리는 손으로 집어 입으로 가져갔다. 촉촉한 스펀지 안에 견과류가 듬뿍 들어서 오독오독 씹는 식감이 좋았고 뒤늦게 입안에 고소함이 가득 번지며 먹는 즐거움을 더했다. 다양한 견과류의 세밀한 맛 차이를 느끼는 재미도 있었다.

"숙면에 좋은 아미노산에는 지난번에 말한 글리신과 가바뿐만 아니라 트립토판도 있어요."

"트립…… 뭐라고요? 발음이 어렵네요."

"하하하. 트립토판은 행복 호르몬이라고도 불리는 세로토닌의 분비를 촉진할 뿐 아니라 잠드는 데 필요한 멜라토닌을 만들어주는 매우 중요한 성분인데, 견과류에 많이 들어 있어요."

가에데는 마모리의 발음이 재밌었는지 한바탕 웃고는 설명을 이어갔다.

"견과류에는 트립토판뿐 아니라 마그네슘도 풍부해서 근육을 이완시켜 숙면을 취할 수 있게 도와줘요."

"하루토 씨도 파운드케이크가 맛있다고 엄청 좋아했어요."

"하루토가 왔었어요?"

"네, 마모리 씨가 오기 바로 전에요."

이런. 엇갈렸나 보다.

"미짱도 무사히 다시 찾았고 유야에게도 다 털어놓은 모양이더라고요. 아니나 다를까 유야는 하루토가 귀여운 물건을 좋아하는 걸 처음부터 알고 있었는데 일부러 모른 척했대요."

유야는 하루토를 처음 만났을 때 하루토의 필통에 미짱과

비슷하게 생긴 토끼 키홀더가 달린 걸 보고 이런 걸 좋아하는
구나, 하고 눈치를 챘던 모양이었다. 하루토가 불안한 마음을
억누르며 가까스로 "사실은" 하고 말을 꺼냈는데 유야는 "그
런 것 같았어" 하고 대수롭지 않게 대꾸했다고 한다.

'하루토, 괜한 걱정을 했네.'

당당히 털어놓은 덕분에 다음 주에는 유야랑 같이 인형 옷
을 사러 가기로 했고, 요즘은 미짱이랑 밤마다 꿀잠을 잔다고
도 했다. 분명 미짱도 기뻐하고 있을 터였다.

"하루토가 고맙다고 수플레에게 리본을 선물했어요."

"리본? 오!"

앉은 자리에서 수플레 쪽을 돌아보자 노란색 체크무늬로
된 한쪽 귀에 하얀 프릴이 달린 커다란 리본이 묶여 있었다.
미미코를 돌보느라 정신없어서 이제야 눈에 들어왔다.

"마모리 씨는 저한텐 관심이 없나 봐요. 마모리 씨가 보고
예쁘다고 해주길 바랐는데."

수플레가 부루퉁해서는 따지고 들었다.

"미, 미안. 역시 하루토, 감각 있네. 아, 귀여워라."

"후훗. 그렇죠, 그렇죠!"

꽤 마음에 드는지 수플레는 몸을 이리 빙글 저리 빙글 돌리
며 리본을 뽐냈다. 감사의 선물은 수플레만 받았는지 타르트
가 무척 부러워했다.

'그러고 보니 요새는 액세서리나 머리핀 같은 거랑은 담쌓

고 지냈네.'

대학생 때만 해도 마모리는 머리를 길게 길렀고 머리핀도 즐겨 했다. 취업 준비를 하면서 머리를 지금처럼 짧게 잘랐고 취업한 뒤로는 일에 치이다 보니 편한 게 최고라며 짧은 머리를 유지했다.

옛날 생각에 젖은 눈빛이 타르트처럼 부러움에 빠진 눈빛으로 비쳤을까. 수플레가 "마모리 씨도 해볼래요?" 하고 앞치마 주머니에서 다른 리본을 꺼냈다. 하루토가 리본을 두 개 선물한 모양이었다. 마모리에게 건넨 리본은 검은색으로 수플레가 한 리본보다 디자인도 수수하고 단순했으며 핀으로 쉽게 고정할 수 있는 형태였다.

"아, 아니야! 이제 집에 들어가면 씻고 잘 건데 뭐."

"그러니까, 그냥 한번 해봐요. 한 번만! 네?"

"머리가 짧아서 리본 같은 거 안 어울려."

"그래도 한번 해보세요."

마모리가 거듭 사양하자 가에데도 끼어들었다.

"머리가 짧아도 머리핀 정도는 할 수 있잖아요. 마모리 씨한테 정말 잘 어울릴 것 같아요. 제가 잠깐 머리를 만져도 될까요?"

"네, 뭐."

마모리가 마지못해 고개를 끄덕이자 가에데는 수플레가 건네준 리본을 받아 마모리의 등 뒤에 섰다. 수플레의 부탁으로 타르트가 어디선가 빗, 머리끈, 머리핀 등을 가져왔다. 수플레가 쓰는 헤어용품인 것 같았다. 카페는 잠시 헤어숍으로 바뀌었다.

"그럼 실례하겠습니다."

머리에 닿는 가에데의 손길에 마모리는 가슴이 두근거려서 오갈 데 없는 양손으로 테이블 위의 머그잔을 꽉 쥐었다. 이게 뭐라고 이렇게 설레지. 옆머리를 땋는 가에데의 손길은 무척 섬세하면서도 능숙했다.

"가에데 씨, 많이 해본 솜씨인데요. 혹시 전직 미용사였어요?"

"설마요! 그냥 어렸을 때 많이 해줬을 뿐이에요."

누구에게 해줬는지는 말하지 않았다. 가에데가 무의식중에 얼버무리는 것 같아 마모리도 굳이 묻지 않았다. 개인적인 사정을 어설프게 캐물었다가 지난번처럼 또 가에데가 심한 두통에 시달릴지도 모르니까.

'앗, 그러고 보니 전직 미용사였느냐고 묻는 것도 위험한 질문이었을까?'

카페에 오면 올수록 가에데에 대해 더 많이 알고 싶었다.

하지만 알고자 하는 게 과연 옳은 일일까.

이전에도 그런 걱정을 했다. 진실을 알고 나면 신비한 마법이 풀리면서 카페에 두 번 다시 올 수 없게 되는 건 아닐까 하는 걱정으로 마모리는 이러지도 저러지도 못한 채 괴로워했다.

고민에 빠진 사이 왼쪽 귀 위쪽에서 딸깍하는 소리가 났다.

머리에 리본을 꽂은 모양이었다. 가에데가 다 됐다면서 마모리의 머리에서 손을 뗐다.

"세상에! 마모리 씨, 정말 예뻐요!"

"나처럼 잘 어울리네!"

"그, 그래?"

수플레와 타르트가 탄성을 지르며 호들갑을 떠는 통에 마모리는 쑥스럽고 민망했다. 어떤 모습인지 확인하고 싶었지만 안타깝게도 거울이 없었다. 손거울 하나 챙기지 않고 나온 게 새삼 후회됐다.

'스마트폰으로 보면…… 아, 여긴 전원이 안 켜지지.'

카운터 안쪽에 거울 하나쯤은 있지 않을까, 화장실에 가면 있으려나, 하고 머리를 굴리는데 가에데가 2층에 탁상 거울이 있다고 알려줬다. 책꽂이 사이에 놓인 거울을 마모리도 본 기억이 났다.

"보네에게 말하면 가져다줄 거예요. 아, 그러면 자고 있는 여성분이 깰지도 모르겠네."

가에데는 정말로 2층에는 올라갈 수 없는 듯 계단 앞에서 머뭇댔다.

"저기, 제가 2층에 가서 거울을 보고 와도 될까요? 보네가 거울을 가져오는 것도 위험할 것 같고 미미코 씨 상태가 어떤지 확인도 하고요."

"여자분 성함은 미미코라고 하는군요. 마모리 씨만 괜찮다면 다녀오세요."

그 말에 이어 가에데가 아무렇지 않게 강펀치를 날렸다.

"지금 마모리 씨 모습을 직접 보면 좋겠어요. 마모리 씨 정말 예뻐요."

"어머!"

뜻하지 않게 비명이 튀어나왔다. 카페에 처음 온 날도 그랬지만 가에데는 이런 말을 천연덕스럽게 내뱉어서 적응이 안 됐다. 처진 눈매를 한껏 늘어뜨리며 부드럽게 웃는 가에데의 얼굴에선 순도 100퍼센트의 진심이 느껴졌다. 농담으로 받아넘기며 "놀리지 마세요!" 하고 받아치면 좋았을 텐데 마모리는 새빨개진 얼굴로 고개를 숙였고 그새를 놓칠세라 수플레와 타르트가 놀려댔다.

"또 시작이다. 두 분 보기 좋아요. 어리바리한 마스터랑 딱 부러진 마모리 씨. 너무 잘 어울린다. 그치, 타르트?"

"네, 마모리 씨랑 마스터 찰떡궁합이에요!"

"무, 무슨 소리 하는 거야!"

'얼굴만 잘생겼지 연애 초보'라고 놀림을 받았던 가에데가 당황하면서 수플레와 타르트를 나무랐다.

"저, 저는! 2층에 갔다 올게요."

그 자리를 얼른 벗어나고 싶어 마모리는 도망치듯 계단으로 향했다. 2층에 올라가 보니 미미코는 소파에 누워 자고 있었고 미미코의 배 위에서 뒹굴던 보네도 새근새근 잠들어 있었다. 1층과 달리 2층은 고요했다. 마모리는 잔뜩 긴장했던 어깨의 힘을 빼고 쿵쾅대는 심장을 진정시켰다.

비닐봉지는 그대로 있었고 물은 반쯤 줄어 있었다. 흘러내린 담요를 다시 잘 덮어준 뒤 거울을 찾았다.

"아, 여기 있다."

프랑스어 그림책 등 각국의 책이 꽂힌 책장 한구석에 칙칙한 금색 테두리를 두른 앤티크한 탁상 거울이 놓여 있었다. 마모리의 시선과 딱 맞는 위치여서 거울을 보기가 편했다.

"오, 가에데 씨, 대단한데."

곱게 땋은 옆머리에 검은 리본이 무심하면서도 우아하게 꽂혀 있었다. 얼굴선이 또렷이 드러나 인상이 달라 보였다. 집에 가면 바로 떼어내야 하는 게 아쉬울 정도였다.

'가에데 씨가 어렸을 때부터 머리를 땋아줬던 사람이라면…….'

무언가 단서가 막 떠오르려는데 거울 뒤에 숨은 듯이 놓인 작은 액자가 보였다. 마모리는 무의식중에 손을 뻗었다.

"이건……."

황동 재질의 사각형 액자 안에는 세 사람이 있었다. 2층 방을 배경으로 짧은 회색 머리에 파란 체크무늬 숄을 두른 노부인이 안락의자에 앉아 있었다. 살포시 지은 미소가 고상하면서도 근엄했다.

노부인의 무릎에 앉은 대여섯 살쯤 되어 보이는 여자아이는 밝은 갈색 단발머리가 잘 어울렸고 노란색 체크무늬 원피스를 입고 있었다. 해바라기처럼 환한 미소를 짓고 있어서 명랑하고 쾌활해 보였다.

노부인 뒤에 선 남자아이는 초등학교 고학년쯤 됐을까. 조각 같은 얼굴과 갈색 눈동자가 여자아이와 꼭 닮았다. 빨간 체크무늬 셔츠에 검은색 반바지 차림이었고 머리 색은 찰랑찰랑 윤기가 흐르는 황금색으로 여자아이보다 밝았다.

"가에데 씨?"

마모리의 머릿속에서 사진 속 남자아이와 푹 자요 카페의 마스터가 하나로 겹쳐졌다. 들여다볼수록 이 아이가 가에데의 어릴 적 모습이라는 확신이 들었다. 어릴 때부터 이런 머리 색이었다면 타고난 것 같았다. 어린 가에데는 천사마냥 사랑스러웠다.

'아, 진짜 천사 같다! 가에데 씨, 역시나 여동생이 있었구나.'

사진 속 남자아이와 여자아이는 남매임이 틀림없었다. 조금 전 가에데에게 누나나 여동생이 있을지 모른다는 생각이 퍼뜩 들었다. 어렸을 때부터 누나나 여동생의 머리를 매만져줬기에 마모리의 머리를 만지는 손길이 능숙했던 것이다.

'이분은 두 아이의 할머니인 것 같은데, 카페는 원래 할머니의 집이었을까? 체크무늬 숄과 노란 원피스도 낯익은데……'

세 사람이 입은 옷의 옷감은 보네가 맨 나비넥타이, 수플레와 타르트의 한쪽 귀 등 인형들의 일부를 이루고 있었다.

'카페의 비밀을 풀어줄 실마리가 이 사진 속에 있는 것 같은데……'

"으음."

곰곰이 생각에 잠겨 있는데 미미코가 앓는 소리를 냈다. 마모리는 깜짝 놀라 사진을 원래 자리에 되돌려놓고 미미코에게 다가갔다. 그런데 허둥대다가 그만 책장 밖으로 삐져나와 있던 두꺼운 책을 무릎으로 밀어 바닥으로 쿵 떨어뜨리고 말았다.

"아, 어떡해!"

마모리는 허리를 굽혀 책을 집어 들고는 찌그러지지 않았는지 살피려고 책장을 팔락팔락 넘겼다. 책은 북유럽 쪽 언어로 보이는 낯선 외국어로 쓰여 있어서 한 글자도 읽을 수 없었다. 같이 실린 그림들을 보니 마법과 정령에 대해 다룬 판타지 서적 같았다.

책은 다행히 손상된 데가 없어서 원래 자리에 다시 꽂아 넣었다. 그때 미미코가 괴로운 듯 소리를 질렀다. 마모리는 소파로 재빨리 달려갔다.

"미미코 씨, 괜찮아요?"

"저리 가, 저리 가라고!"

미간을 잔뜩 찌푸리고 이마에 땀이 맺힌 채 소리를 지르는 걸 보니 악몽을 꾸는 듯했다.

'악몽을 꾸느라 잠을 제대로 못 잔다고 했지. 일단 깨워야겠다.'

마모리는 미미코의 몸을 마구 흔들었다.

"일어나요, 일어나세요!"

"으악!"

하지만 그 충격으로 보네가 소파에서 떼구루루 굴러떨어지며 먼저 눈을 떴다.

"무슨 일이에요?"

보네가 잠이 덜 깬 목소리로 물었다.

"보네, 미미코 씨 깨우는 것 좀 도와줘!"

보네가 고개를 끄덕이더니 곧바로 공중으로 휙 날아 올라가 "이얍" 하고 기합을 넣으며 온몸을 미미코에게 날렸다. 토끼 귀로 하루토의 등을 철썩 때리던 수플레도 그렇고, 인형들은 의외로 강단이 있었다.

"앗!"

보네가 몸을 부딪친 게 효과가 있었는지 미미코가 눈을 번쩍 뜨더니 몸을 일으키며 눈을 계속 깜빡였다.

"어, 여긴?"

"몸은 좀 어떠세요? 구토랑 두통은요?"

"아, 술에 취해 있었지. 악몽을 꾸기는 했는데 이제 괜찮아요."

소파에서 내려오며 미미코는 스마트폰을 찾았다. 흔들의자에 걸쳐놓은 정장 재킷에 들어 있었는지 그쪽으로 걸어가 스마트폰을 꺼내고는 확인해 보려 했다. 하지만 전원이 꺼진 걸 보고는 이상하네, 하며 미간을 찌푸렸다. 마모리가 멋쩍게 웃으면서 상황을 설명했다.

"저도 이유는 모르지만 이 카페에만 오면 스마트폰이 작동을 안 하더라고요."

"인형들이 말하는 것도 그렇고, 아직 꿈속에 있나 봐요. 그래도 악몽보다는 훨씬 낫네요."

미미코는 자조 섞인 미소를 띠며 재킷을 입고는 스마트폰을 집어넣었다. 숙취는 가라앉은 듯했지만 몸은 아직 힘들어 보였다. 미미코를 이렇게까지 괴롭히는 악몽의 정체가 마모리는 궁금했다.

'일단은 미미코 씨가 깨어났다고 가에데 씨에게 알려야겠지.'

미미코에게는 정리가 되는 대로 천천히 내려오라고 말한 뒤 마모리 먼저 계단을 내려갔다. 사진을 다시 자세히 보고 싶었지만 딴 사람 앞에서는 보기가 꺼려졌다. 아까는 미미코도 보네도 자고 있어서 괜찮았지만 비밀을 훔쳐보는 것만 같아 괜히 께름칙했다.

"마모리 씨! 머리 모양 어땠어요?"

"아······."

1층에 내려서자마자 가에데와 수플레가 초조한 기색으로 마모리에게 다가왔다. 사진이랑 미미코 일로 깡그리 까먹었지만 마모리는 원래 거울을 보러 2층에 갔던 거였다.

"정말 예쁘게 만져주셨더라고요! 가끔 이렇게 꾸미는 것도 좋을 것 같아요."

“그 리본 마모리 씨한테 줄게요.”

“어?”

선물을 선선히 양보하는 수플레에게 마모리가 괜찮다고 손 사래를 치자 수플레가 귀와 목을 절레절레 흔들었다.

“마모리 씨에게도 감사 인사를 하고 싶다고 하루토 씨가 말했어요. 전 이게 있으니까 괜찮아요.”

수플레가 하얀 프릴이 달린 리본을 쓱 잡아당겼다. 마모리는 카페에 올 때마다 받기만 하는 것 같아 마음이 편치 않았다.

“향주머니도 공짜로 받았는데…….”

“그건 세트에 딸린 선물이잖아요! 우리 가게에서 주는 선물이랑 하루토 씨의 마음이 담긴 선물은 의미가 다르니까요. 그렇죠, 마스터?”

“그럼요. 마모리 씨에게 정말 잘 어울리기도 하고요.”

타르트와 가에데도 맞장구를 치며 부추기는 바람에 마모리는 하는 수 없이 리본을 받기로 했다. 가에데가 예쁘다고 말했을 때 밖으로 튀어나오는 게 아닐까 싶을 정도로 쿵쾅대던 심장 소리가 여전히 생생해서 리본이 더없이 소중하게 느껴졌다.

“고, 고마워요. 참, 방금 미미코 씨가…….”

뒤늦게 미미코가 깨어났다고 알리려는데 통통 하고 계단을 내려오는 경쾌한 발소리가 들렸다. 절묘한 타이밍에 미미코와 보네가 같이 내려왔다.

"깨어나셨군요."

"어머나, 잘생겼다."

상냥하게 맞이하는 가에데를 보며 미미코가 무심코 내뱉은 말을 마모리는 놓치지 않았다. 역시 다른 사람들이 보기에도 가에데는 잘생긴 남자로 분류되는 모양이었다.

미미코는 헝클어진 머리를 매만지고는 허리를 굽혀 인사했다.

"도와주셔서 고맙습니다. 서른 넘은 나이에 술 마시고 이런 꼴을 보이다니 너무 창피하네요."

"어머? 미미코 씨, 저랑 비슷한 나이인 줄 알았어요."

"올해로 서른하나예요."

나이가 가늠이 안 될 정도로 동안이었는데 마모리보다 여섯 살이나 위였다.

"술이 센 사람도 몸 상태가 안 좋을 때 마시면 평소보다 더 취기가 오르는 법이거든요."

"맞아요, 맞아요! 저희 카페에 오신 걸 보니 잠을 잘 못 주무시나 봐요!"

"모처럼 오셨으니 뭐 좀 드시고 가세요."

가에데와 인형들이 왁자지껄 떠들며 권유하는 바람에 미미코는 방금까지 마모리가 앉았던 테이블에 자리를 잡았다. 보네가 "마모리 씨도요!" 하고 의자를 끌어주어서 마모리는 미미코 맞은편에 앉았다. 미미코 앞에도 아몬드 우유와 견과류 파운드케이크가 놓였다. 머그잔을 기울이면서 미미코가 마모리를 바라봤다.

"카페 직원분들이 부르는 걸 들었는데, 마모리 씨라고 부르면 될까요?"

"아, 네!"

"마모리 씨는 이런 이상한 카페에 자주 와요?"

"오늘이 세 번째인데 그러고 보니 자주 온 편이네요. 저도 밤에 잠을 못 자서 고생하다가 이 카페에 오고부터 잘 자게 됐거든요."

"잠을 잘 자게 됐다고요?"

아몬드 우유를 한 모금 꿀꺽 마신 미미코의 얼굴에 호기심이 어렸다. 마모리가 차갑게 식은 아몬드 우유를 마시는데 미미코가 주저하며 입을 열었다.

"지난 며칠, 매일 밤 똑같은 악몽을 꿨어요. 계속 쫓기는 꿈인데 누가 쫓아오는지 정체를 모르겠어요."

잠이 들면 미미코는 꿈속에서 아무것도 없는 캄캄한 공간을 죽을힘을 다해 달리고 있었다. 등 뒤에서 누군가 쫓아오는 발소리가 들려서 이유도 모른 채 무작정 도망쳤다. 인간의 모습인 듯했지만 정체는 알 수 없었다. 캄캄한 어둠 속이라 남자인지 여자인지 노인인지 아이인지도 분간이 안 됐다. 아무튼 검은 형체에게 잡힐까 봐 온 힘을 다해 도망쳤다.

멈춰 서서 정체를 확인해 보고 싶기도 했지만 무서워서 감히 엄두가 나지 않았다. 숨이 차서 더 이상 달릴 수 없게 됐을 때쯤 땀을 뻘뻘 흘리며 깜짝 놀라 깨곤 했다.

"악몽 때문에 잠드는 게 너무 무서워요."

"정말 무섭겠어요!"

"스토커일까요? 매일 밤 그런 꿈을 꾸면 끔찍할 거 같아요."

"무서워, 무서워!"

인형들도 몸을 떨며 한마디씩 보탰다. 호러물은 질색인 마모리는 상상만으로도 등골이 오싹했다.

"잠을 통 못 자니까 피곤하고 어지럽고 그러네요. 그런데 내일은 정말 중요한 약속이 있거든요. 술을 마시면 푹 잘 수 있지 않을까 싶어서 마셨던 거예요. 숙취로 고생한 적은 한 번도 없지만, 악몽만 꾸지 않는다면 술병이 나더라도 차라리 그게 나을 것 같아서요. 하지만 결국 이 방법도 안 통하네요."

미미코가 한숨을 푹 내쉬었다. 아몬드 우유에 한숨이 녹아들었다. 흐음, 하고 테이블 옆에 선 가에데가 생각에 잠긴 듯 팔짱을 꼈다.

"어떤 약속이에요?"

"남자친구랑 데이트요. 분위기로 봐서는 내일 아마 프러포즈를 할 것 같아요."

남자친구와 미미코는 넉 달 전에 소개팅 앱을 통해 만났고 두 달 전 연인 사이로 발전했다. 마모리가 보기에는 사귄 지 얼마 되지 않아 프러포즈는 조금 이른 게 아닐까 싶었지만, 미미코가 이용한 소개팅 앱은 '결혼을 전제로 한 만남 전용',

‘정말로 결혼을 원하는 분만 오세요’, ‘결혼까지 평균 1년’ 등을 광고 문구로 내세우는 앱이라고 했다.

“어? 혹시 앱 이름이 ‘무스비야°’ 아닌가요?”

“어머, 마모리 씨도 등록했어요?”

“친구가요. 그 앱에서 만난 사람이랑 결혼했어요.”

마토이도 그 앱에서 지금의 남편을 만나 결혼했다. 주위에 실제로 결혼까지 한 커플이 있는 걸 보면 믿을 만한 소개팅 앱인 것 같았다.

‘난 아직 결혼할 마음이 없지만 미미코 씨라면 분명 프러포즈에 응하겠지.’

미미코의 나이를 고려하면 그리 빠른 편도 아니었다. 하지만 마모리는 프러포즈를 받는 황홀한 시간을 앞둔 미미코가 별로 기뻐하는 기색이 없는 게 마음에 걸렸다.

‘나 같으면 엄청 설레고 들뜰 것 같은데. 고상하고 차분한 어른이라서 그런가?’

마모리가 그런 부분은 아직 어린애 같아서 의아하게 여기는지도 모르겠다.

“그 남자 스펙은요?”

수플레가 테이블 위로 올라오며 거침없이 물었다. 테이블 끝에 윗몸을 걸친 채 발을 동동 띄운 모습이 너무나 천진난만해서 사랑스럽기 그지없었지만 그런 모습과는 달리 스펙은

<hr>

• 일본어로 인연을 맺어주는 사람, 공간을 뜻한다.

뭐냐는 현실적인 질문을 잘도 던졌다.

"자랑 같지만……."

미미코는 미리 방어하듯 운을 떼더니 남자의 신상을 주르르 읊었다. 나이는 서른다섯에 대기업에 근무해 수입도 안정적이고 명문 대학 출신에 외모는 또 얼마나 수려한지 요즘 핫한 미남 배우를 닮은 데다가 키도 크다는 둥, 흠잡을 데 하나 없이 모든 면에서 완벽하다고 자랑했다. 마모리가 상상했던 것보다 스펙이 훨씬 화려했다.

"잘난 척하는 면이 있긴 한데 그 정도는 애교로 봐줄 만해요. 친구들도 부모님도 이 남자는 꼭 잡으라고 성화예요. 행복한 일이지요."

"정말 이상적인 상대네요! 프러포즈 받는다니 좋겠다!"

"글쎄요. 내일은 '유메노키'라는 레스토랑을 예약했다고 하는데……."

"아, 그 레스토랑 저도 알아요!"

신이 나서 떠드는 수플레와 무덤덤하게 대답하는 미미코의 대화를 잠자코 듣던 마모리가 익숙한 가게 이름이 나오자 불쑥 끼어들었다. 마모리가 맡은 이벤트인 옥토버페스트에는 독일 요리 전문점뿐만 아니라 지역 식당도 몇 곳 출점하는데, 레스토랑 유메노키도 그중 하나였다.

"작년에 새로 생긴 가게인데 퓨전 요리를 주로 선보이더라고요. 가격은 좀 비싸지만 편안한 분위기의 가게였어요. 일 때문에 점심때 한번 들른 적이 있는데 맛도 좋고 가게도 예뻐요.”

“어머! 남자친구가 식당을 고르는 안목이 있네요.”

“여자들이 좋아할 만한 가게를 잘 알더라고요.”

수플레, 미미코, 마모리가 한창 수다를 떠는데 옆에서 가에데와 타르트는 꿔다 놓은 보릿자루처럼 아무 말 없이 바라보기만 했다. 보네는 공중을 휘휘 날아다니며 맞장구를 쳤다.

‘그렇지만, 왠지……’

마모리가 보기에 미미코는 남자친구와의 결혼을 썩 내켜하는 것 같지 않았다.

‘남자의 스펙이 너무 화려하니까 놓치기 싫어서 받아들이는 것 같은 느낌이랄까? 아, 말로는 잘 표현 못하겠지만 아무튼 이상해.’

수플레도 이런 이질감을 느꼈을까.

미미코는 파운드케이크를 먹으면서 “와, 맛있다” 하고 중얼거리더니 풀이 죽은 목소리로 말을 이었다.

“악몽 때문에 결혼을 망치고 싶지는 않아요. 난 꼭 행복해지고 싶어요.”

미미코는 결연한 표정으로 다짐하듯이 말했다.

“미미코 씨……”

“잠을 잘 자게 도와주는 카페라면 악몽을 꾸지 않는 방법도 알려주시나요?”

마모리의 말을 자르고 미미코가 가에데를 바라보며 천천히 물었다. 그러자 마스터보다 타르트가 먼저 "네!" 하고 짧은 손을 번쩍 들었다. 드디어 이야기에 낄 수 있어서 기쁜지 잔뜩 기대에 부풀어 손을 한껏 뻗었다.

"악몽이라면 그걸 드리면 어떨까요? 마스터."

"그렇지, 그게 좋겠네. 보네, 갖다줄래?"

"네, 네."

가에데의 부탁에 보네가 계단 쪽으로 훌쩍 날아갔다. 오늘 밤 보네는 2층을 오르락내리락하느라 바빴다. 잠시 후 뭔가를 갖고 내려왔는데 마모리도 어디선가 본 적 있는 물건이었다.

"어, 소품 가게나 기념품 가게에서 본 적 있는데……."

"드림캐처예요."

가에데가 보네에게서 물건을 건네받은 뒤 이름을 알려줬다.

'이런 걸 드림캐처라고 하는구나.'

지름 7센티미터 정도의 원형 틀 안에 실이 거미줄처럼 얼기설기 얽혀 있고 깃털, 구슬 같은 게 원형 틀 밑으로 달려 있었다. 원도 깃털도 하얀색인 드림캐처는 인테리어 소품치고는 무척 엄숙하고 신성한 분위기를 풍겼다.

"북미의 원주 민족에게서 전해져 오는 악몽을 쫓아주는 물건이에요. 침실에 장식하면 원 안에 얽혀 있는 실이 나쁜 꿈을 걸러내서 악몽을 몰아내 준대요."

타닥타닥하고 가에데가 거미줄 모양의 실을 손끝으로 튕겼다. 줄이 촘촘하고 치밀한 게 손으로 직접 만든 것 같았다. 디자인이나 색감이 독특한 걸 보니 어쩌면 향주머니를 만든 사람이 만들었을 수도 있겠다.

"걸러낸 악몽은 아침에 햇빛을 받아 사라지고요, 반대로 좋은 꿈은 깃털을 타고 잠든 사람에게 깃든다고 해서 악몽을 쫓는 동시에 행운을 불러오는 효과가 있대요."

"신기해라. 깃털에도 의미가 있군요."

마모리는 흥미진진한 표정으로 가에데의 손을 바라봤다. 원과 깃털에 어떤 재료를 쓰느냐에 따라 아주 다양한 드림캐처를 만들 수 있다고 한다.

"그, 그거 얼마에요? 저한테 파세요. 꼭 사고 싶어요!"

미미코는 벌떡 일어나 몸을 앞으로 쑥 내밀었다. 지푸라기라도 잡으려는 심정 같았다.

"그냥 드릴게요. 돈은 안 주셔도 돼요."

가에데가 빙그레 웃으며 말했다.

"그렇지만 꿈이라는 건 마음속 깊은 심리를 반영한다고도 하잖아요. 드림캐처는 어디까지나 도움을 주는 소품에 불과하니까 자신의 마음을 한번 잘 들여다보는 게 좋을 것 같아요."

"아, 네."

미미코는 가에데의 충고를 새기며 드림캐처를 받았다. 왜 그런 악몽을 꾸는지 자신도 짚이는 데가 있지 않을까. 마모리는 아마도 결혼과 관련이 있을 거라 추측했다.

'그 악몽은 정말로 악몽일까?'

그릇을 깨끗이 비운 미미코는 나중에 또 감사 인사를 하러 들르겠다는 말을 남기고 가게를 나섰다.

"안녕히 주무세요. 좋은 밤 보내시길."

멀어지는 발소리를 향해 가에데는 여느 때와 다름없는 밤 인사를 보냈다.

"결국 오고 말았네."

이튿날인 토요일.

한낮은 여전히 무더웠지만 밤이 되자 선선한 바람이 불었다. 희미한 가을 향이 묻은 밤바람을 맞으며 마모리는 대로변에 자리 잡은 레스토랑 앞에 서 있었다. 중후한 문 옆 벽에 걸린 철제 간판에 '레스토랑 유메노키'라는 가게 이름이 새겨져 있었다.

'외식할 생각은 없었는데······.'

오늘 마모리는 회사에서 급하게 불러내는 일도 없어서 집에서 하루 종일 느긋하고 여유로운 주말을 만끽했다. 직업병이라고 해야 할까, 결국은 가만히 쉬지 못하고 옥토버페스트에 참고가 될까 싶어 독일 액션영화와 멜로영화를 OTT 서비스로 찾아보긴 했지만 그래도 무척 오랜만에 집에서 뒹굴뒹굴하며 보냈다. 그러다 문득 창밖으로 해가 지는 걸 본 순간 미미코가 괴로워하던 얼굴이 선명하게 떠올랐다.

'데이트 장소를 아니까 운이 좋으면 우연히 만나 상황을 살펴볼 수 있지 않을까. 아, 괜한 오지랖일까. 그래도 걱정돼서 미치겠는데 어떡해.'

마모리는 혼자서 갈팡질팡했다. 레스토랑 유메노키는 업무차 가본 적이 있어서 쉽게 찾아갈 수 있었다. 설령 미미코를 만나지 못하더라도 그냥 밥이나 먹고 오면 그만이었다. 하지만 점심도 아니고 저녁 혼밥은 아무래도 눈치가 보였다. 결국 밑져야 본전이다 하는 심정으로 친구에게 연락했다.

"미안, 마모리! 많이 기다렸지?"

"아니야, 나도 방금 왔어. 예약 시간도 아직 안 됐고."

친구 마토이가 뛰어왔다. 긴 머리를 집게 모양 머리핀으로 단정히 고정한 마토이는 차분한 진노랑 색상의 세미 정장을 멋들어지게 차려입었다. 눈매가 날카롭게 치켜 올라가 있어서 첫인상은 무척 차가워 보이지만 웃으면 한없이 다정해지는 성정은 학창 시절 그대로였다.

"갑자기 연락했는데 나올 수 있다고 해서 좀 놀랐어. 마나랑 마오는 괜찮아?"

"남편이 본대. 오래는 못 버티겠지만."

"흔쾌히 들어줬나 보네?"

"가끔은 나가서 친구도 만나고 그러래. 요리도 나보다 잘해. 좋은 남자 잡았지!"

손가락으로 브이 자를 만들어 보이며 마토이는 자연스레 남편 애기를 꺼냈다. 가정적이고 집안일도 잘한다며 입에 침이 마르도록 자랑을 늘어놓았다. 마토이의 딸 마나는 얌전한 세 살이고 아들 마오는 떼쟁이 두 살이었다. 둘 다 마토이가 만든 음식보다 남편이 만든 걸 더 좋아한다면서 요리 학원이라도 다녀야 할 것 같다고 호들갑을 떠는 마토이를 보며 마모리는 쿡쿡 웃음을 터트렸다.

"어머, 이제 들어가야겠다."

반가운 마음에 가게 앞에 선 채로 수다를 떨다가 예약 시간이 다 된 걸 보고는 문을 열고 안으로 들어갔다. 레스토랑은 꽤 넓어서 테이블 자리가 서른 석이 넘었는데 절반 이상이 이미 차 있었다.

까만 바닥과 벽을 배경으로 양초 모양의 샹들리에가 화려하게 빛났다. 점심을 먹으러 왔을 때는 밝고 쾌활한 느낌이었는데 저녁에 오니 차분하고 격조 높은 공간으로 바뀌어 있었다.

'마토이도 나도 잘 차려입고 와서 다행이다.'

전체적으로 둥그스름한 모양의 커피색 원피스는 마모리가 가진 몇 안 되는 정장 가운데 비교적 격식을 갖춰야 하는 자리에 잘 어울리는 옷이었다. 머리도 폭 자요 카페에서 받은 검은색 리본을 꽂아 정리했다. 가에데처럼 잘 땋지는 못해서 옆머리를 모아 고정했을 뿐이지만 그렇게만 해도 뭔가 한껏 꾸민 듯한 기분이었다.

"어서 오세요. 예약하셨나요?"

"네."

젊은 웨이터가 재빨리 마모리에게 다가왔다.

유명한 레스토랑인 데다가 주말이라서 당일 예약은 안 될 줄 알았는데 우연히도 마모리가 인사를 나눈 적 있는 점장이 전화를 받았다. 점장은 "어, 이누이 씨 아니세요?" 하고 알은 체하더니 자리를 마련해 놓겠다고 선뜻 배려해 주었다. 일을 열심히 해온 특권이라 여기며 마모리는 고맙게 받아들였다.

"이누이 님 성함으로 두 분 예약하셨지요? 이쪽으로 안내해 드리겠습니다."

이름을 말하자 웨이터는 절도 있는 태도로 출입구와 가까운 자리로 안내했다.

'당연한 거겠지만 웨이터는 사람이지, 인형이 아니라.'

인형이 종종거리며 맞이해 주는 카페가 이상한 공간임을 새삼 실감했다. 마모리는 푹 자요 카페가 실제로 존재한다는 사실을 마음으로 받아들였지만 현실에선 카페의 존재를 부정하는 사실들과 자꾸 맞닥뜨렸다.

"코스로 시키면 어떨까? 마토이, 술 괜찮아?"

"오랜만에 화이트와인 한잔할까?"

"오, 좋아, 좋아."

와인색 테이블보가 깔린 자리에 마주 앉아서 주류 메뉴판을 펼쳤다. 마모리는 망설인 끝에 점장이 추천한 상그리아를

골랐다. 과일과 감미료를 넣은 와인 칵테일로 여성들에게 인기가 많다고 했다. 주문을 마치고 나서 마모리는 무심코 가게 안을 둘러봤다.

'미미코 씨는 왔으려나?'

마토이가 나오기 편한 시간으로 정하다 보니 미미코가 오는 시간과 겹칠지는 운에 맡기는 수밖에 없었다. 미미코를 만날 수 있다면 그야말로 행운이라는 심정이어서 지금은 그냥 친구와의 오랜만의 만남을 즐기기로 했다.

"여기가 마모리가 하는 일이랑 관련 있는 곳이야? 여기저기 인맥도 쌓고 대단하다!"

"그렇지도 않아."

"나도 재택근무에 이제 완전히 익숙해졌는데 조만간 다시 예전에 하던 일로 돌아가고 싶어."

화려하게 빛나는 샹들리에 밑에서 마토이는 그때가 그리운 듯 아련하게 미소 지었다.

대학생 때부터 여성복 매장에서 직원으로 일했던 마토이는 출산을 계기로 잠시 일을 접었고 지금은 집에서 고객 상담 일을 하고 있었다. 전기 제품에 관한 문의를 받는 일이었는데 집에서도 할 수 있는 일이 정말 다양하구나 싶어서 마모리는 새삼 놀랐다.

"넌 지금도 세련되고 멋있어서 바로 복귀할 수 있을 거야."

"그러면 얼마나 좋을까. 너도 오늘 머리도 그렇고 전부 잘 어울린다. 그나저나 얼마 전에 전화했을 때는 그렇게 죽는소리하더니 지금은 멀쩡하네?"

"호호."

바쁜 거야 여전하지만 지금의 마모리는 전철역 승강장에서 마토이에게 전화로 하소연을 늘어놓던 때와는 몸도 마음도 달라져 있었다. 그때는 살아 있는 시체, 말 그대로 좀비였다.

"무슨 일 있었어?"

"뭐, 무엇보다 밤에 잠을 잘 자게 됐어."

"그거 중요하지. 나이가 들수록 잠이 중요하다니까. 지금은 얼굴 좋아 보이는데!"

마토이의 솔직한 평가에 기분이 한껏 들떴다. 빈말하는 법이 없는 마토이의 말이니 마모리의 얼굴색은 진짜로 밝아졌을 것이다. 이게 다 푹 자요 카페 덕분이었다.

'나에게 카페는 이제 정말 특별하고 소중한 곳이야. 늘 신세만 졌는데 뭔가 고마움을 표할 방법이 없을까.'

카페 생각에 잠시 빠져든 사이 술과 음식이 나왔다. 퓨전 요리라서 그런지 특이한 채소를 사용해 독특한 조리법으로 만든 요리가 많아서 먹을 때마다 신선한 자극을 받았다. 숙면에 좋은 재료들로 정성껏 만든 푹 자요 카페의 메뉴와는 또 다른 느낌이었다.

"마나랑 마오는 툭하면 싸우지……."

"연년생은 특히 잘 싸운다고 내가 아는 분도 그러더라."

마토이의 육아 고생담을 고개를 끄덕여 가며 듣는 사이 어느새 코스 요리가 끝나고 마지막 디저트 접시가 나왔다. 케이크와 세 가지 과일이 어우러진 디저트였다. 생크림을 한 스푼 뜨려는데 웨이터가 커다란 장미 꽃다발을 껴안고 안쪽으로 걸어갔다. 장미가 몇십 송이는 되어 보이는 큼지막한 꽃다발이었다.

'앗, 혹시?'

안쪽에도 자리가 있는데 미미코는 아마도 그쪽에 자리를 잡은 모양이었다. 점심을 먹으러 왔을 때도 출입구 근처 자리에 앉았기 때문에 레스토랑이 얼마나 넓은지 가늠이 잘 안 됐다.

'슬쩍, 정말 슬쩍! 확인만 해보자.'

마모리는 무릎에 덮어놓은 냅킨을 접으며 화장실에 다녀오겠다고 마토이에게 양해를 구한 뒤 자리에서 일어났다. 마토이는 먼저 먹을게, 라고 말하고는 디저트를 맛보기 시작했다.

안쪽 공간은 훨씬 더 고급스러웠다. 타원 모양의 대리석 받침대 위에 고개를 들어 올려다보아야 할 정도로 기다란 유리 꽃병이 놓여 있었다. 꽃병에 꽂아놓은 갈색 빛이 도는 고풍스러운 수국이 도도하고 우아한 정취를 뽐냈다.

안쪽은 네 자리밖에 없었고 테이블 사이의 간격도 넓었는데 아마도 특별석인 듯했다. 쓱 훑어보니 창가 쪽에 미미코가 앉아 있었다.

'와, 미미코 씨 오늘 엄청 예쁘네!'

수국 뒤편에 몸을 숨긴 채 마모리는 상황을 엿봤다. 미미코는 밤색 머리를 어깨까지 늘어뜨렸고 소매 부분만 얇고 반투명한 오건디 소재로 된 하얀 주름장식 블라우스에 남색 타이트스커트를 입었다. 진주 계열의 액세서리가 특히 돋보였다. 뛰어난 패션 감각을 뽐내면서도 절제되고 단아한 느낌도 겸비하고 있어서 마치 모델을 보는 듯했다.

'악몽 꾸지 않고 잘 잤을까? 컨디션은 괜찮나? 남자친구분은……'

앞에 앉은 남자가 바로 화려한 스펙을 자랑하는 절대 놓칠 수 없다는 그 남자인 듯했다. 머리는 뒤로 빗어 단정히 정리했고 검은 셔츠에 은회색 테일러드재킷, 재킷과 같은 색상의 바지를 입었는데 헤어스타일도 패션도 세련미가 넘쳤다. 엘리트 분위기를 풍기는 잘생긴 남자였지만 마모리는 반사적으로 가에데 씨가 훨씬 나은데, 하고 비교하는 자신에게 놀랐다.

'호호, 이러면 미미코 씨한테 실례가 되겠지만!'

남자는 미미코, 하고 이름을 부르며 자세를 고쳐 앉았다.

장미를 든 웨이터는 미미코가 보지 못하는 위치에 절묘하게 숨어 있었다. 이제 프러포즈를 하려는 걸까? 마모리는 쇼가 시작되기 직전처럼 가슴이 두근거렸다. 훔쳐보는 게 조금 찔리기는 했지만 고조되는 기대감을 숨길 수 없었다.

"난 남들처럼 결혼에 타협하고 싶지 않아. 전에도 말했듯이 결혼 상대에 대해선 내 나름의 조건이 있어."

“으응.”

“미미코는 그 조건을 모두 갖춘 여자야. 만난 지 얼마 되지는 않았지만 당신이라면 내가 꿈꾸는 이상적인 가정을 만들 수 있을 것 같아.”

‘뭐라고?’

마모리는 남자의 고압적인 말투가 마음에 들지 않았지만 미미코는 눈도 깜빡이지 않고 듣고 있었다. 잘난 척하는 면이 있긴 해도 애교로 봐줄 만하더니 이건 애교로 봐주기엔 도가 지나친 듯싶었다.

남자가 재킷 주머니에서 반지 케이스를 꺼냈다.

“나랑 결혼해 줘.”

반지 케이스를 열어 반짝반짝 빛나는 눈부신 다이아몬드 반지를 보여주며 남자는 말했다. 절대로 거절당하는 일이 없을 거라고 확신하는 자신만만한 태도였다. 이제 곧 미미코는 프러포즈를 받아들일 테고 빨간 장미 꽃다발이 품에 건네지겠지.

그런데 미미코는 반지를 거들떠보지도 않았다. 대신 허리를 꼿꼿이 펴 고쳐 앉고는 머리를 깊숙이 숙였다.

“죄송해요. 당신과는 결혼할 수 없어요.”

“뭐?”

마모리의 입에서 자기도 모르게 튀어나온 소리에 미미코가 흘깃 쳐다봤다. 이어서 남자가 “왜? 도대체 왜!” 하고 어안이

벙벙한 얼굴로 소리를 지르자 웨이터가 손님, 하고 말리러 오는 등 분위기가 어수선해졌다.

이제부터 어떤 얘기가 오갈지 너무 궁금했지만 자리를 오래 비울 수 없어서 마모리는 허둥지둥 돌아갔다.

마모리도 그 남자 못지않게 어리둥절했다.

'왜 거절했을까? 어제까지는 분명 프러포즈를 받아들일 생각이었잖아? 행복해질 거라고 결의에 차서 말했잖아?'

어제의 미미코는 딱히 행복해 보이지도 기쁨에 들떠 있지도 않았지만, 그래도 딱 잘라 거절하리라고는 예상치 못했다. 생각에 골똘히 빠진 마모리를 보며 마토이가 고개를 갸웃했다.

"왜 그래, 화장실에서 무슨 일 있었어?"

"아, 아니, 그냥."

"방금 남편한테서 전화 왔는데 아이들이랑 같이 차로 데리러 온대."

"아, 그래? 그럼 이제 슬슬 일어나야겠네?"

마모리는 일단 미미코 일을 머릿속에서 지우고 남은 디저트를 싹싹 비웠다. 테이블에 앉은 채로 웨이터에게 계산을 부탁하는데 누군가가 성난 발소리를 내며 가게를 뛰쳐나갔다. 방금 전 미미코에게 차인 남자였다. 그는 빨간 장미 꽃다발을 꽉 움켜쥐고 있었다. 마모리가 눈이 휘둥그레져 멍하니 쳐다보는 사이 웨이터가 계산을 끝냈다.

"육아에서 해방되어 모처럼 자유 시간을 만끽했네! 불러줘서 고마워."

"나야말로, 갑자기 연락했는데 나와줘서 고마워."

주차장에 남편이 와 있다고 해서 마토이랑은 가게를 나온 뒤 바로 헤어졌다. 이제 가족 넷이서 밤 드라이브를 즐기며 집으로 돌아가겠지. 화목한 가족을 보니 괜스레 흐뭇해졌다.

'그럼, 나는 이제……'

마모리는 가게에 남은 미미코가 걱정됐다. 남자는 가게를 뛰쳐나갔지만 미미코는 아직 안에 있었다.

가게 앞 큰길을 어슬렁어슬렁 걷고 있는데 드디어 미미코가 가게 문을 열고 나왔다.

"역시 마모리 씨였네요. 이거 우연인가요?"

"반은 우연이고 반은 의도한 거예요. 죄송해요."

밤색 머리카락을 나부끼며 옆으로 다가온 미미코에게 마모리는 솔직히 털어놓았다.

가까이서 보니 오늘 밤 미미코는 화장도 완벽하고 오리엔탈 향수의 은은한 향도 최고였다. 어둠 속에서도 밤하늘의 별처럼 반짝반짝 빛나는 네일이 무척 눈부셨다.

'이렇게나 멋지게 준비하고 나왔는데도 결국 프러포즈는 거절했구나.'

이유가 몹시 궁금했다. 물어봐도 될지 몰라 망설이는데 미미코가 마모리의 팔을 꽉 붙잡았다.

"마모리 씨, 시간 괜찮아요? 한두 시간 정도."

“아? 어, 괜찮긴 한데.”

“내 직장이자 집이 여기서 가까워요. 걸어갈 만한 거리인데 괜찮으면 가서 얘기 좀 해요.”

“직장이자 집?”

미미코가 마모리를 끌어당기며 앞장서 걸어갔다. 의외로 손힘이 엄청 셌다. 우아하고 차분해 보이던 첫인상과는 사뭇 다른 모습이었다.

미미코의 집은 보안이 철저한 신축 아파트였다. 마모리가 사는 원룸보다 월세가 두 배는 더 비쌀 듯했다. 아파트 3층 모퉁이에 위치한 집 현관문에는 손수 만든 나무 팻말이 걸려 있었고 팻말엔 ‘네일 살롱 mimi’라고 쓰여 있었다.

안으로 들어서자 벽 전체를 연회색으로 칠한 정갈한 공간이 펼쳐졌고 조명등이 설치된 테이블과 네일 도구를 갖춰놓은 이동식 선반이 보였다. 선반 한쪽에 세워진 코르크 보드에는 네일 칩이 전시되어 있었다.

“미미코 씨, 네일 아티스트였어요?”

“맞아요. 네일 살롱을 연 지 이제 3년 됐어요. 전에는 미용사로 일했는데 사장이랑 싸우고 그만뒀거든요.”

그 뒤로 미용 관련 자격증을 이것저것 따고 투자 관련 공부도 해서 집에서 네일 살롱을 개업하기에 이르렀다.

“네일 공부는 미용사로 일할 때부터 조금씩 해왔어요. 사설 자격증이지만 기모노 입는 법을 가르치는 강사 자격증도 따고 페이스 페인팅 자격증도 땄어요."

"정말 다재다능하시네요."

"아무튼 관심 가는 건 뭐든 시도해 보는 편이라서요. 소파에 앉아볼래요?"

미미코가 권하는 1인용 소파에는 솜털처럼 보드라운 무릎덮개가 놓여 있었다. 미미코와 마모리는 마치 네일을 하러 온 손님과 아티스트처럼 테이블을 사이에 두고 마주 앉았다. 미미코가 긴 머리를 쓱쓱 한데 모으더니 검은 고무줄로 질끈 묶었다.

"길에 쓰러진 저를 구해준 보답 겸해서 공짜로 네일을 해주고 싶었어요. 네일 하는 동안 수다도 좀 떨고요. 괜찮죠?"

"네일이요? 아유, 안 그러셔도 돼요."

"왜요? 회사에서 못 하게 해요?"

"그건 아니지만."

머릿속에 고가네이의 휘황찬란한 손톱이 떠올랐다. 그런 화려한 네일은 거부감이 들지만 밤하늘을 찍어놓은 듯한 미미코의 네일은 좀 부러웠다.

"그럼 한번 해봐요!"

"아…… 좋아요."

"정말 단순한 걸로 할게요. 색상도 단색으로 하고 네일 중에선 제일 수수한 프렌치 네일로요. 디자인은 제가 알아서 해도 되죠?”

미미코의 휘몰아치는 기세에 또 말려들고 말았다. 네일 살롱이란 데를 처음 와본 마모리는 무슨 말인지 잘 알아듣지도 못해서 그저 고개만 끄덕거렸다. 손톱에 문제는 없는지, 알레르기 같은 건 없는지 미미코가 묻는 말에 마모리는 아는 대로 답했다.

“자, 그럼 시작할까요?”

젤 네일을 하기 전에는 먼저 손톱을 다듬고 큐티클을 정리하는 등 기본 작업이 필요했다. 작업을 하면서 미미코는 레스토랑에서 있었던 일을 꺼내며 정말로 통쾌해했다.

“프러포즈 거절하는 거 마모리 씨도 봤죠?”

“네.”

“마지막까지 고민하긴 했는데 오늘 아침 일어났을 땐 거의 마음을 정했어요. 거절할 마음이 한 80퍼센트쯤?”

“왜요? 프러포즈가 마음에 안 들어서요?”

“와하하! 그것도 있고요.”

정곡을 찔렀는지 미미코가 호탕하게 웃어젖혔다. 미미코를 만난 지 얼마 안 된 짧은 시간 동안 마모리가 품었던 미미코의 이미지가 획획 바뀌었다.

“그런 식으로 프러포즈하다니 너무 어이없지 않아요? 진짜 이건 아니다 싶더라고요. 내가 거절하니까 많이 놀랐나 봐요. 그래도 그렇지, 돈도 안 내고 그냥 가버린 거 있죠. 결국 내가

다 계산하고 나왔어요. 손님들 앞에서 난리를 쳐서 창피해서 혼났어요."

빨간 장미 꽃다발도 다이아몬드 반지도 미미코의 취향은 아니었다고 한다. 이미 상대를 향한 마음을 접은 뒤라서 그런지 미미코는 하고 싶은 말을 거침없이 쏟아내더니 딱 하나 좋았던 점은 데이트 장소를 고르는 센스뿐이었다고 덧붙였다.

"무엇보다 가장 큰 이유는…… 잠깐만요."

작업하던 손을 멈추고 미미코는 등 뒤쪽 문을 열었다. 미미코의 개인 공간인지 컴컴한 어둠 속으로 침대 다리가 얼핏 보였다. 안으로 들어갔다 바로 돌아 나온 미미코는 손에 드림캐처를 들고 있었다. 하얀 깃털이 하늘하늘 흔들렸다.

"다 드림캐처 덕분이에요. 어젯밤에는 다른 꿈을 꾸었거든요."

"뒤를 쫓아온다던 뭔가가 안 나왔어요?"

미미코는 드림캐처를 테이블 끝에 놓고는 고개를 가로저었다.

"나왔어요. 그런데 쫓아오지는 않았어요."

"네?"

"처음에는 악몽이랑 다를 게 없잖아, 하고 꿈속에서도 마스터를 원망했어요."

자기도 모르게 원망의 대상이 된 가에데를 마모리는 마음속으로 동정하면서 미미코의 말에 귀 기울였다. 다시 네일 작업을 하면서 미미코는 드디어 검은 어둠 속에서 자신을 쫓던 추적자의 정체를 알아냈다고 말을 이었다.

“바로 나였어요. 나 자신이더라고요.”

“미미코 씨라고요?”

“정확히 말하면 3년 전의 나, 네일 살롱을 막 열었을 즈음의 내가 나에게 ‘정말로 그런 선택을 해도 괜찮겠어?’라고 묻더라고요.”

결국 꿈은 미미코의 마음속 깊이 자리한 고뇌에 대한 자문자답이었던 셈이다.

“자신의 마음을 잘 들여다보라고 했던 마스터의 충고가 옳았어요. 결혼 같은 거 전혀 할 마음이 없었나 봐요.”

미미코는 서른 살이 넘으면서 부모와 친구들에게서 결혼은 안 하냐, 혼자서 어떡하려고 그러냐, 남들처럼 결혼해서 행복하게 살면 좀 좋냐 등등의 말들을 귀가 따갑게 들었다고 한다.

“다들 나쁜 마음은 없었을 거예요. 다 제가 걱정돼서 하는 말이었을 테니까. 그런데 제 마음이 비뚤어져서인지, 결혼을 안 한 지금의 나는 행복하지 않다는 말처럼 들리는 거예요.”

“받아들이기에 따라서는 그럴 수도 있겠네요.”

“계속 그런 말을 들으니까 점점 초조해지더라고요. 빨리 결혼하지 않으면 큰일이라도 날 것처럼 괜히 조급해져서 바로 소개팅 앱에 가입했어요.”

드디어 손톱을 다듬고 정돈하는 일이 끝나고 색을 칠하는 단계로 넘어갔다. 미미코의 동작은 한 치의 빈틈도 없었다. 다년의 경험이 농축된 능수능란한 프로의 실력을 유감없이 발휘했다.

"남자들 몇 명이랑 메시지를 주고받기는 했는데 직접 만난 사람은 그 남자가 유일했어요. 주변에선 단번에 대어를 낚았다며 야단이었고 그런 말을 들으니 또 그런가 싶었고. 그런데 그 남자가 자기랑 결혼할 거면 일은 그만두라는 거예요."

미미코가 손톱을 칠하는 모습을 감탄하며 바라보던 마모리는 몰래 훔쳐봤던 프러포즈 장면을 떠올렸다. 남자는 결혼 상대에 대한 제 나름의 기준과 조건을 정해두었다는 둥, 자기가 꿈꾸는 가정은 이렇다는 둥 혼자 일방적으로 떠들어댔다. 여러 조건을 내세웠는데 그중 전업주부여야 한다는 게 첫 번째 조건이었다.

"맞벌이를 당연시하는 요즘 같은 세상에 참 별나다 싶었지만 그래도 친구 중에 전업주부가 몇 있어서 그냥 그런가 보다 했어요."

"그런 일일수록 부부가 서로 잘 얘기해서 정해야 하는 거 아니에요?"

수입이나 생활 습관 등의 문제도 있겠지만 전업주부가 자신에게 맞는지 아닌지도 중요했다.

"일단 그 조건을 받아들이긴 했는데 마음속의 나는 계속 인정할 수 없었나 봐요. 결혼이 오죽 내키지 않았으면 꿈속에서까지 시달렸을까 싶어요."

"그러니까, 미미코 씨가 매일 밤 꾸던 꿈은 악몽이 아니라 미미코 씨가 스스로에게 보낸 경고였네요.”

“그런 셈이죠.”

미미코에게는 그 남자와의 결혼보다 이 일이 소중했던 것일까.

미미코는 이 질문에 부드러운 미소로 답했다.

“미용사도, 네일 아티스트도 딱히 어떤 신념을 갖고 시작한 건 아니었어요. 어쩌다 보니 이 일이 재밌고 좋아서 여기까지 온 거거든요. 그런데 뭔가를 그냥 좋아하는 그 마음을 도저히 버릴 수 없더라고요. 막상 일을 할 수 없게 된다고 상상하니까 내가 정말 좋아서, 그냥 좋아하는 마음 하나로 매달릴 수 있는 일을 앞으로 또 만날 수 있을까 하는 의문이 들더라고요.”

“뭔지 알 것 같아요.”

마모리도 얼마 전 이벤트 기획사에서 일하는 자신의 삶을 돌아보며 비슷한 생각을 했고 고민 끝에 이직을 미루기로 결정했다. 이벤트 기획 일이 좋아서 그만두고 싶지 않았다.

마토이처럼 결혼을 선택해 행복하게 사는 여성도 있지만 결혼하지 않더라도 미미코처럼 혼자서 자신의 일을 즐기며 사는 여성도 있다. 각자에게 맞는 각자의 삶, 그걸로 충분하지 않을까.

“내가 하는 일을 인정해 주는 훨씬 멋진 사람을 만난다면 결혼을 고려해 볼 수도 있겠지만요.”

“그런 사람을 만난다면 말이죠.”

"맞아요, 맞아요."

미미코의 털털한 태도에 마모리도 얼굴을 마주 보며 웃었다. 꿈을 통해 숨어 있던 진짜 마음을 마주한 미미코는 상쾌한 아침을 맞이했다. 드림캐처 덕분이었다.

손님을 상대하는 일을 오래 해온 미미코의 유쾌한 입담 덕에 마모리도 격의 없이 잡담을 주고받았다. 미미코도 가수 SARASA를 안다는 사실에 마모리는 흥분하고 말았다. 네일 살롱 손님 중에 팬이 있다고 했다.

이런저런 얘기를 신나게 주고받는 사이 네일 작업이 무사히 끝났다. 마모리는 멋지게 변신한 자신의 손톱에 반하고 말았다.

"그러데이션이 너무 멋져요."

붉은빛이 도는 갈색에 반들반들 윤이 나는 손톱은 그러데이션이 선명해서 화려하지 않으면서도 자연스럽고 세련된 느낌을 주었다.

"마음에 들어요?"

"네, 정말 멋져요!"

"푹 자요 카페의 마스터를 떠올리면서 작업했어요. 이름이 가에데니까 가을에 물드는 단풍잎 이미지로요."

듣고 보니 곧 다가오는 계절에 딱 어울리는 가을빛이었다.

가에데를 떠올리며 작업한 네일이라는 말을 듣고 마모리는 얼굴이 후끈 달아올랐다. 미미코에게 왜 가에데를 떠올렸냐고 묻는 데에는 용기가 필요했다. 쑥스러워 얼굴을 붉히는 마모리에게 미미코가 장난스럽게 속삭였다.

"내 입으로 이런 말 하기는 그렇지만 어찌 됐든 첫눈에 반한 상대랑 결혼하는 게 최고예요."

"네? 첫눈에 반한 상대라뇨?"

"신비에 싸인 마스터, 넘어올지는 모르겠지만 잘해봐요!"

이제는 허물없어진 미미코가 놀려대는 바람에 마모리는 새빨개진 얼굴로 가에데랑은 아무 사이도 아니라고 소리치면서도 마음속으로는 아마도 지금은, 하고 덧붙였다.

미미코의 집에서 나온 뒤에도 마모리의 뺨은 여전히 뜨거웠다. 손톱을 바라볼 때마다 가에데가 떠올라 가슴이 두근거렸다.

"아휴!"

큰길을 따라 버스 정류장으로 향하면서 빨갛게 불타는 뺨을 밤바람에 식혔다. 오늘 밤은 카페에 들를 수 없겠지만 다음에 카페에 갔을 때 수플레가 혹시 마모리의 네일을 보고 뭐라 묻기라도 한다면 아무렇지 않게 말할 자신이 없었다.

오늘 밤은 가에데의 꿈을 꿀지도 모르겠다.

그런 예감에 마모리의 얼굴은 다시 또 빨갛게 물들었다.

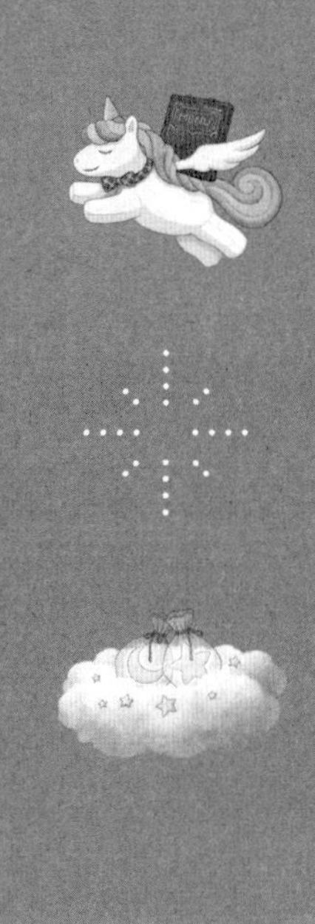

4장

달밤의 주문

도노우치 다쓰는 어떻게 하면 좋을지 몰라 고민이었다.

눈앞의 회의용 접이식 테이블 위에는 쿠키 통에 넣어둔 바느질 세트와 다양한 색상의 천이 펼쳐져 있었다.

다쓰는 주민센터에서 개최하는 고령자 대상 수예 교실에 다녔다. 학생 자원활동가들이 와서 도와주는데 주제는 자유였고 그냥 모여서 각자 좋아하는 것을 만드는 편한 자리로, 이곳에 다닌 지도 꽤 됐다.

이번엔 천으로 봉제 인형을 만들려고 하는데 디자인이 도무지 떠오르지 않아 손을 못 대고 있었다. 교실 안에는 여성이 대부분이었고 다들 시끄럽게 수다를 떨며 바느질하고 있었다. 남자 수강생은 원체 적기도 했지만 오늘따라 다쓰 혼자였다.

누군가를 붙들고 물어보기도 쑥스러워 손 놓고 있었더니 "할아버지, 왜 가만히 계세요?" 하고 등 뒤에서 경쾌한 목소리가 말을 걸어왔다. 자원활동가인 고등학생 여자애였다. 밝은 갈색 머리도 연갈색 눈도 타고난 거라고 했다.

"아, 고즈에. 손주한테 선물할 건데 뭐로 하면 좋을지 모르겠어서."

"손주요? 아, 생일이에요?"

"아니, 그건 아니고. 사실은……."

다쓰가 손주의 사정을 이야기하자 고즈에는 금방이라도 눈물을 쏟을 듯 얼굴이 잔뜩 흐려졌다.

"그랬군요. 걱정이 많으시겠어요."

"고즈에?"

마음이 아픈 듯 고개를 떨궜던 고즈에가 얼굴을 번쩍 들더니 손뼉을 짝 쳤다.

"좋은 생각이 났어요! 완성하면 특별한 마법의 주문도 알려드릴게요."

다쓰는 느닷없이 튀어나온 '마법의 주문'이라는 말에 고개를 갸우뚱하면서도 고즈에의 제안을 일단 들어보기로 했다.

사랑하는 손주에게 보낼 선물이니 정성을 담아 잘 만들고 싶었다.

다쓰는 드디어 디자인을 정하고 바늘에 실을 꿨다.

"으…… 흠."

팔짱을 낀 채 컴퓨터 모니터를 뚫어져라 쳐다보던 마모리의 입에서 신음이 새어 나왔다. 회사가 아니었다면 머리를 박박 쥐어뜯었을 터였다.

'좀 더 기발하고 참신한 기획이라니……! 그게 도대체 뭐냐고요!'

월요일 아침, 출근하자마자 메일부터 확인했다. 받은메일함에는 지금 마모리가 진행하는 가장 중요한 사업인 옥토버페스트 발주처 담당자가 보낸 메일이 들어 있었다. '상의드리고 싶은 게 있습니다'라는 제목을 본 순간 마모리는 불길한 예감에 휩싸였다.

담당자는 이벤트 기획 관련해서 상의를 좀 하고 싶다고 했다. 현재까지는 독일의 옥토버페스트처럼 관람객이 다양한 종류의 맥주와 맛있는 안주를 즐기면서 노래와 춤 무대를 감상할 수 있게 준비 중이었다.

그런데 거기에 뭐든 좋으니 좀 이색적인 이벤트가 들어갔으면 좋겠다고 담당자는 대수롭지 않게 말했다. 그 이색적인 이벤트를 마모리가 기획해 주면 좋겠다는 얘기였다. 말하자면 담당자는 손 안 대고 코 풀겠다는 속셈이었다. 게다가 '내일 중으로 안을 보내주실 수 있을까요?'라고 덧붙이며 기한까지 촉박하게 못 박아놓았다.

'그렇게 안 봤는데 정말 막무가내네, 어휴.'

'흥이 오를 만한', '기발하고 참신한', '이색적인' 등등 요청 사항이 너무 추상적이어서 말 그대로 맨땅에 헤딩하는 꼴이었다. 그래도 이런 때야말로 이벤트 기획자의 재치를 발휘할 기회이니 마모리는 진짜로 멋진 기획을 짠, 하고 내놓고 싶었다.

'경품 추첨은 어떨까? 스탬프 모으기? 준비도 비교적 쉽고 경품만 잘 마련하면 가능하지 않을까? 그런데 전혀 참신하지 않네. 마스코트랑 사진 찍기? 나쁘진 않을 것 같은데 우리 지역 마스코트는 그리 유명하지 않아서 사람들이 관심 없겠지? 요즘은 사람을 모으려면 SNS 홍보가 필수라던데, 그건 어떻게 하지?'

준비하는 데 드는 시간과 비용을 고려하면서 일단 실행 가능한 기획을 추려봤다.

잔뜩 찌푸린 얼굴로 모니터를 노려보는데 고가네이가 뒤에서 "이누이 씨" 하고 다정하게 불렀다.

"지난주에 말한 내용, 작성했는데 확인 부탁드려요."

"아, 그래."

마모리는 모니터에 고정했던 시선을 떼고 고가네이가 건넨 얄팍한 종이 서류를 재빨리 훑었다. 이상 없이 잘 정리되어 있었다.

"좋은데. 고마워."

서류는 그대로 미우라의 책상에 제출하라고 부탁했다. 고가네이는 마모리의 지시를 정확히 파악해 깔끔하게 일을 마무리했다. 보기보다 능력자일지도 몰랐다.

"네. 얼굴을 잔뜩 찡그리고 있어서 말 걸기가 무서웠는데 다행이네요. 그렇게 얼굴 찡그리고 있으면 주름 생겨요."

"하, 하하하."

선을 넘어 훅 들어오는 면이 있어서 짜증 나긴 하지만 말이다.

"그래도 오늘 이누이 씨 멋져요, 정말로요."

"뭐?"

갑작스런 칭찬에 마모리는 당황했다. 고가네이의 시선이 마모리의 머리와 손톱을 재빨리 오갔다.

"머리에 단 리본도 벽돌색 네일도 정말 잘 어울려요! 혹시 오늘 데이트 있어요?"

"그런 거 없는데. 고가네이 씨 의외로 나한테 관심이 많은가 봐."

당황한 탓에 말이 곱게 나오지 않았다.

"외모에 신경 쓴 사람은 딱 보면 알거든요."

고가네이가 뺨을 실룩거리며 자신만만한 말투로 되받아쳤다.

"전 아무리 바빠도 외모엔 철저해야 한다고 생각해요. 특히 사람을 만나는 직업이라면 깔끔하고 예쁜 모습으로 다니는 게 상대방에게 좋은 인상을 줄 수 있잖아요."

제 나름의 신념을 지닌 고가네이를 보며 마모리는 고가네이에 대한 선입관이 조금 깨졌다. 그 신념을 지키기 위해 고가네이는 화장과 옷차림을 매일 완벽하게 챙기는 것이었다.

'아니, 아무리 그래도 너무 화려하다고!'

오늘도 핑크브라운 색상의 머리는 탱글탱글했고 온몸을 연노란 색상의 옷으로 감쌌다. 사무실 근무에 어울리는 복장과는 거리가 멀어도 너무 멀었다. 고가네이야말로 퇴근 후에 애인 혹은 썸 타는 남자랑 데이트가 있는 것 같았다.

"게다가 살짝 멋을 부리는 것만으로 기분 전환도 되고 의욕도 생기고 얼마나 좋아요."

'……뭐?'

그때 마모리의 머릿속에 뭔가가 번뜩 스쳐 갔다. 꽉 막혔던 기획안을 해결해 줄 뭔가가 방금 막 떠오른 것 같았다. 하지만 생각의 끄트머리를 부여잡고 이어가 보려는 찰나 후루타가 "이누이! 잠깐만" 하고 부르는 통에 어쩔 수 없이 아이디어는 허공으로 붕 날아가 버렸다.

"아, 그러니까. 이건 무슨 상황이지?"

밤 9시쯤.

아침 댓바람부터 어이없는 요청에 시달리다가 점심 무렵에는 다른 문제가 발생해 정신없이 수습하다 보니 오늘도 어김없이 야근을 했다. 내일 아침까지는 기획안을 제출해야 하는데 아직 손도 못 댄 상태였다.

오늘도 치유의 시간을 간절히 바라며 푹 자요 카페에 찾아갔더니 그곳에는 평소보다 훨씬 더 기이한 광경이 펼쳐져 있었다.

"마모리 씨. 어서 오세요. 지금 보네가 수술 중이에요!"

"끄응, 끄응."

"보네, 정신 차려!"

"상처가 깊지는 않아!"

카운터 뒤쪽에 선 가에데가 알 듯 모를 듯한 말을 내뱉었다. 입구와 가까운 테이블 위에 수건이 깔려 있고 보네가 옆으로 누워 있었다. 어디가 아픈지 끙끙 앓는 소리를 냈다. 바닥에선 타르트와 수플레가 보네를 열심히 격려하는 이상한 상황이었다.

무엇보다 그 자리에는 70대 후반쯤 되어 보이는 노인이 앉아 있었다. 손님인 듯했는데 왜소한 체구에 머리는 하얗게 셌고 연두색 스웨터를 입고 있었다. 동그란 안경 너머로 보이는 눈빛이 온화하고 자상했다.

"오호, 나 말고도 이런 이상한 카페에 오는 손님이 또 있구 먼? 안녕하세요."

점잖게 말을 거는 할아버지 손에는 흰 실을 꿴 바늘이 들려 있었고 테이블에 놓인 쿠키 통에는 바느질 세트가 들어 있었다.

"아, 안녕하세요."

마모리도 반사적으로 머리를 숙여 인사했다.

"다쓰 씨, 마모리 씨랑은 나중에 얘기하고 보네부터 빨리 치료해 주세요!"

"아, 그래. 바로 꿰맬게."

수플레가 다쓰라고 부른 할아버지가 보네의 몸을 번쩍 들어 올렸다. 보네의 뿔 부분에 실밥이 풀려 솜이 삐죽삐죽 삐져나온 게 보였다. 인간으로 치면 살이 찢겨 피가 줄줄 흐르는 상태였다. 뒤늦게 마모리도 화들짝 놀랐다.

"괘, 괜찮아, 보네?"

"날카로운 데 걸린 것 같아요. 타르트가 테이블을 닦다가 보네가 상처 난 걸 발견했어요. 우리 셋이 깜짝 놀라 우왕좌왕하는데 다쓰 씨가 온 거예요. 바느질을 잘한다고 하셔서 보네를 치료해 달라고 부탁드렸어요."

가에데의 설명대로 다쓰는 능숙한 솜씨로 실밥이 터진 곳을 꿰맸다. 마치 마법이라도 부린 듯 보네의 뿔은 순식간에 원래 모습을 되찾았다. 그야말로 뛰어난 봉제 인형 의사였다.

되살아난 보네가 훌쩍 날아올랐다.

"왠지 더 건강해진 것 같아요!"

"대단해, 기적이야!"

"다쓰 씨, 솜씨가 정말 훌륭해요!"

조금 전부터 타르트와 수플레는 의료 드라마라도 찍는 듯했다. 어찌 됐든 다 나았다니 다행이었다.

"산책 나오면서 수예 교실 갈 때 들고 다니는 가방을 잘못 들고 나왔는데 마침 잘됐지 뭐야. 움직이는 인형을 보고 처음엔 기절할 뻔했지만."

바느질 도구를 정리하면서 다쓰가 빙긋이 미소를 지었다.

다쓰는 이 근처에 혼자 사는데 잠이 오지 않아 산책을 나왔다가 낮에는 빈집이었던 곳에 카페가 있어서 깜짝 놀라 뭐에 홀린 듯이 카페에 들어왔다고 했다. 그랬더니 안에서 잘생긴 청년과 귀여운 인형들이 "정신 차려, 보네!", "보네 이제 어떡해!", "의사 선생님을 불러와야 하지 않을까!", "제발 보네를 살려주세요!" 하고 난리가 났길래 또 한 번 놀랐다.

"오자마자 정말 실례가 많았습니다. 주문하신 '잘 자요 세트', 바로 준비할게요. 마모리 씨도 어서 앉으세요."

"아, 네."

"똑같은 세트로 준비할까요?"

다른 걸 주문할 생각은 해보지도 않아서 바로 좋다고 대답했다. 가에데와 타르트, 건강해진 보네가 주방으로 들어갔다. 마모리가 어디에 앉을까 고민하는데 다쓰가 "괜찮다면 말 상대 좀 해줄래요?" 하고 수줍게 청하길래 미미코가 왔을 때처럼 맞은편 자리에 앉았다.

"미안해요, 이런 노인네를 상대하게 해서. 잠이 안 올 땐 누군가랑 말이라도 하고 싶어지거든요."

"이곳은 그런 카페예요. 잠 못 자는 사람들이 찾아오는 곳이요."

"처음 온 게 아니군요?"

"마모리 씨는 단골이에요!"

수플레가 끼어들어 잽싸게 말을 보탰다. 어느새 마모리는 단골이 되었나 보다.

"세상에! 마모리 씨 손톱, 진짜 예쁘다!"

"아, 이거."

"뭐야, 뭐야, 갑자기 무슨 바람이 불었어요?"

수플레가 마모리의 손에 딱 달라붙어 신기한 듯 쳐다보는 바람에 마모리는 당황해 안절부절못했다. 가에데, 즉 단풍잎을 떠올리며 색을 칠했다는 미미코의 말이 떠오르면서 얼굴이 화끈거렸다.

수플레가 도대체 무슨 일이 있었느냐며 끈질기게 물고 늘어졌다. 당황해 우물우물 얼버무리는 마모리를 다쓰가 끼어들어 도왔다.

"아이코, 토끼님. 여기 이분이 곤란해하는 것 같은데요."

"그냥 말해주면 되잖아. 뭐가 곤란해요?"

수플레는 불만이 가득한 것 같았지만 그래도 더 이상 캐묻지 않아서 마모리는 가슴을 쓸어내렸다. 이 틈을 노려 마모리는 얼른 화제를 바꿨다.

"고맙습니다. 그런데 할아버지 바느질 솜씨가 정말 대단하시던데요. 혹시 입고 계신 스웨터도 직접 뜨셨어요?"

"부끄럽지만, 맞아요."

"대단하세요! 파는 건 줄 알았어요."

정면에서 자세히 스웨터를 뜯어본 마모리는 감탄을 금치 못했다. 흠 잡을 데 하나 없는, 상품으로 내놓아도 손색없을 정도로 멋진 스웨터였다.

"저는 바느질엔 정말 소질이 없어서요. 원래 이렇게 잘하셨어요?"

"그건 아니고, 나이 들어서 취미 삼아 시작했어요. 아내도 세상을 뜨고 일도 은퇴하고 나니까 몸은 멀쩡한데 아무것도 안 하고 있으면 머리가 녹슬 것 같아서 배우러 다녔지."

뭔가 새로운 걸 해보려고 찾던 중에 수예 교실이 열린다는 소식을 접했다. 고등학교 수예부 동아리 학생들이 고령자를 대상으로 주민센터에서 한 달에 네 번 강습을 연다고 했다.

"중학생 손주가 하도 만들어달라고 성화라서 만화 캐릭터를 만들어줬더니 SNS랬나? 거기다 올리고 싶다고 사진도 찍고 그러더라고."

"SNS 쓰는 사람이 많더라고요."

마모리도 SNS에 가입은 했지만 그냥 구경만 하는 용도로 쓰고 있었다. 마모리의 머릿속에 기획과 관련한 아이디어가 또 퍼뜩 떠올랐지만 하루 종일 쌓인 피로 탓인지 머리가 더 이상 돌아가지 않았다.

'이건 오늘 밤 푹 자고 나서 내일 점심때까지 정리해야겠다. 그런데 할아버지는 왜 잠을 못 주무시는 걸까?'

나이가 들면 잠이 줄어든다고 하던데 그래서일까.

마모리가 다쓰와 얘기를 나누는 사이 타르트와 보네가 오늘 밤 '잘 자요 세트'를 가지고 왔다.

"오늘 밤 '잘 자요 세트'는 몸이 냉한 체질에 좋은 따끈따끈한 메뉴입니다!"

"따끈따끈해서 잠이 사르르 올 거예요!"

타르트는 마모리에게, 보네는 다쓰에게 쟁반을 건넸다. 이번에는 음료도 같이 나왔다. 북유럽 스타일의 물방울무늬 수프 그릇에는 김이 모락모락 올라오는 비프스튜가 담겨 있었다. 걸쭉한 소스에 도톰하게 썬 고기, 감자, 당근이 듬뿍 들어 있었고 뭉근하면서도 깊은 향이 허기를 자극했다. 같이 나온 호밀빵을 스튜에 찍어 먹어도 맛있을 것 같았다.

"세상에나, 아내가 정말 잘하던 요리였는데 여기서 비프스튜를 먹게 되다니! 그런데 이 음료는 뭐지?"

다쓰는 진녹색의 둥근 찻잔을 집어 들었다. 따끈따끈한 메뉴라고 했으니 음료도 따뜻할 텐데 언뜻 보기엔 뭔지 도통 알 수 없었다. 마모리도 궁금해서 잘 먹겠습니다, 라고 말하고는 음료 먼저 한 모금 마셨다.

"앗! 사과랑, 또……."

"생강이요. 사과생강차예요."

카운터 안쪽 문을 열고 나오며 가에데가 오늘 밤 세트에 숨겨진 의미를 알려주었다.

"잠을 잘 자려면 체온 관리도 중요해요. 여성분들 중에는 유독 몸이 찬 분이 많은데 그건 근육량과도 관련이 있어요. 아마 다쓰 씨도 그런 것 같아서요."

"그걸 어떻게?"

"입고 계신 스웨터, 정말 멋지지만 원래는 겨울용이잖아요. 가을이 되면서 밤에는 좀 쌀쌀해졌지만 스웨터를 입기에는 아직 이른 감이 있죠. 그리고 아까 손이 잠깐 스쳤는데 정말 차갑더라고요."

덤벙대는 면이 있긴 해도 가에데는 손님을 참 세밀하게 관찰하고 있었다. 마모리는 가에데의 이런 모습에 또 감동하고 말았다. 부상당한 보네를 건네줄 때 다쓰와 손이 스쳤던 모양이었다.

"비프스튜는 채소랑 고기가 듬뿍 들어 있어서 영양가도 높고 몸도 따뜻하게 해줘요. 천천히 씹어서 드세요. 호밀빵은 혈당 상승을 억제해 줘서 자기 전에 먹어도 부담이 없어요. 스튜랑 같이 드셔보세요."

마모리와 다쓰는 나무 스푼으로 비프스튜를 떴다. 마모리는 따끈따끈한 감자를 호밀빵에 얹어 한입 가득 입안으로 밀어 넣었다.

"흐음! 비프스튜, 아주 깊은 맛이 나요. 정말 맛있어요!"
호밀빵과의 조합은 말해 뭐 할까.
"스튜에는 비장의 무기가 숨어 있어요!"
가에데가 검지를 세우며 설명을 이어갔다.
"비장의 무기?"
"바로 꿀이에요. 꿀은 정말 훌륭한 식품인데 마모리 씨가 어렵다고 했던 단어……."

"아, 기억나요! 트립토판!"

"맞아요. 수면에 좋은 성분인 트립토판이 가득 들어 있어요. 사과생강차에도 꿀을 섞었고요."

정답을 맞혀서 신이 난 마모리가 손가락으로 브이 자를 만들며 으스댔다. 다쓰도 스튜를 맛보고 난 뒤 찻잔으로 손을 뻗었다. 한 모금 마시더니 주름이 깊이 새겨진 얼굴이 활짝 펴졌다.

"이 차를 마시니 몸속 깊은 곳에서부터 온기가 올라오네요. 생강 향도 진하지 않고 사과랑 꿀도 입에 딱 맞고."

마모리와 다쓰는 눈앞의 그릇을 착착 비워나갔다. 바닥이 보일 때까지 신나게 움직이던 손을 다쓰가 갑자기 뚝 멈췄다. 한순간 얼굴에 그늘이 져서 마모리는 어리둥절했다.

"할아버지? 왜 그러세요?"

"그게…… 맛있는 걸 먹다 보니 병실에 누워서 입에 맞지 않는 병원 음식을 먹고 있을 손주 생각이 나서 말이야."

"손주요?"

손주는 중학생인데 동아리 활동을 하다가 부상당해 얼마 전 입원했다고 한다. 무릎을 다쳐서 재활까지 마치려면 한 달 반 정도 입원 생활을 해야 했다.

"저런, 걱정이 많으시겠어요."

다쓰에게는 노화, 냉증 말고도 잠을 못 자는 이유가 있었던 것이다. 동아리 활동을 마치면 할아버지 집에 들르곤 하던, 할아버지를 참 좋아하는 손주였다. 그런 손주가 걱정되어 다쓰는 이불에 누워서도 뜬눈으로 밤을 지새우곤 했다.

손주가 든 동아리가 여자 배구부라는 말을 듣고 마모리는 왠지 모르게 친근감이 들었다. 마모리도 중학생 때 배구를 하다 발목을 삐끗한 적이 있었다. 입원은 하지 않았지만 완치하기까지 꽤 오랜 시간이 걸렸다. 운동을 하다가 다치는 일이야 흔하지만 가족 입장에선 애가 타기 마련이었다.

"중요한 시합을 앞두고 있다던데 퇴원하더라도 시합에 나갈 수 있을지 어떨지 모른다더군. 애가 하도 실망한 눈치여서 어떻게든 힘 나게 해주고 싶은데……."

"그래서 손주한테 주려고 이 인형을 만드셨군요?"

휴, 하고 다쓰가 한숨을 길게 내뱉는데 공중을 떠다니던 보네가 의자에 걸린 다쓰의 숄더백 안을 엿보고는 대화에 끼어들었다. 가방을 들여다보니 소재도 만듦새도 기성품 못지않게 훌륭한 인형이 들어 있었다. 다쓰가 직접 만든 것 같았다.

그래도 그렇지 남의 가방 안을 엿보면 안 된다고 타르트가 나서서 보네를 타일렀다.

"너무 예뻐서!"

보네는 방금 고친 뿔을 숙이며 다쓰에게 죄송하다고 사과했다. 평소엔 손님에게 별 관심이 없던 보네가 오늘은 손님 주위를 맴돌며 계속 기웃댔다. 보네 딴에는 생명의 은인인 다쓰에게 고마움과 존경을 표하는 건지도 몰랐다.

"아니, 아니, 괜찮아요. 손주에게 주려고 만든 인형 맞아요."

다쓰가 자상하게 웃으면서 가방을 무릎에 올려놓고는 안에서 햄스터 같기도 하고 양 같기도 한, 펠트 재질로 만든 둥글게 생긴 인형을 꺼냈다. 인형 머리에 끈이 달려 있었는데 서 있지 못하고 데굴데굴 테이블 위를 굴러다녔다. 볼록 나온 배에는 빨간 실로 '필승 기원'이라는 글자가 새겨져 있었다. 부상이 무사히 나아서 시합에 나가 이기기를 바라는 할아버지의 마음이 오롯이 담겨 있었다.

"입원 중인 손주에게 주려고 수예 교실에 오는 고등학생의 도움을 받아 만들었어요. 손주가 만화랑 애니메이션을 좋아하는데, 난 잘 모르지만 이 인형이 무슨 유명한 캐릭터라고 하더라고."

"저도 잘 몰라서요. 가에데 씨는 아세요?"

"일요일 아침에 텔레비전에서 방영하는 마법 소녀 애니메이션인 것 같은데요. 어린이용 프로그램인데 어른들도 좋아하더라고요."

마법 소녀의 어깨에 올라탄 내비게이터 같은 캐릭터인가 하고 마모리는 상상했다. 이 카페에선 스마트폰을 쓸 수 없으니 집에 가서 찾아보기로 했다.

"다 만들고 나서 마법의 주문도 걸어뒀는데."

"마법의 주문이요? 그게 뭐예요?"

“그 고등학생 말로는 ‘달밤의 주문’이라고 하더라고. 손수 만든 인형을 사흘 밤낮으로 달빛에 비추면서 빌면 신기한 일이 일어나 소원을 이루어준다고 했거든.”

미신 같은 이야기였다. 절에 가서 불공을 드리거나 점집에서 부적을 사듯이 힘든 일이 있을 땐 누구나 종교나 주술적 힘에 의지하곤 한다. 마모리도 징크스 몇 개는 꽤 진지하게 믿는 편이었다.

‘할아버지도 카페에서 일어나는 이상한 일을 아무렇지 않게 받아들이는 걸 보니 마법의 주문 같은 것도 믿으시나 보다.’

하긴 세상에는 이성과 논리만으로는 설명할 수 없는 일들이 분명 존재했다.

“다 만드셨으니 이제 손주에게 전해주기만 하면 되겠네요.”

논리적으로 설명되지 않는 불가사의한 일을 눈앞에서 증명하듯, 움직이고 날아다니는 인형 보네가 할아버지가 만든 인형을 발끝으로 툭툭 굴리면서 물었다. 당연한 말인데도 다쓰는 곤혹스러운 듯 흰 눈썹을 잔뜩 찌푸렸다.

“문병 가는 게 쉽지가 않아서 말이야. 손주가 입원한 병원이 아주 멀어. 사실 나도 지지난달부터 다리가 아파서, 집 근처를 오가는 정도는 괜찮지만 멀리 돌아다니지는 말라고 딸이 하도 야단이지 뭔가.”

딸네 부부와 같이 딱 한 번 문병을 갔는데 맞벌이하는 부부라 둘 다 많이 바빠서 더 부탁하기가 미안했다. 딸네 부부도 일하다 잠깐 짬을 내서 가거나 혹은 퇴근길에 잠깐 들르는 상황이라 다쓰의 집까지 다쓰를 데리러 올 여유가 없었다.

"방법이 없을까요? 손주분께 빨리 갖다드리면 좋을 텐데."

"어느 병원에 입원했어요?"

"다마유라 종합병원."

꽤 큰 병원으로 여기서 버스로 가면 40분 정도 걸렸다. 병원 이름을 들은 마모리가 갑자기 앗, 하고 소리를 질렀다. 스푼에 뜬 고기가 그릇으로 다시 툭 떨어졌다.

"마침 내일 일 때문에 그 병원에 가요. 업무 관련된 분이 입원해 계셔서 병문안이요."

오늘 오후, 옥토버페스트 무대 출연자 중 한 명이 맹장염으로 갑자기 입원해서 출연을 못 하게 되는 문제가 생겼다. 참신하고 기발한 기획안을 당장 내일까지 쥐어 짜내라고 압박하던 담당자가 마모리에게 전화로 직접 상황을 알렸다. 주 무대는 독일인 밴드가 장식할 계획이지만 그 밖에도 지역 예술가나 지역 출신 아이돌 등이 출연할 예정이었는데 그중 한 명인 아이돌이 입원했다는 것이다. 출연자 섭외는 마모리네 회사가 아니라 고객사에서 자기네들 인맥을 이용해 한 것이어서 마모리는 그 아이돌이 누구인지 알지도 못했다.

"그럼 마모리 씨가 굳이 병문안까지 갈 필요는 없지 않아요? 못 오게 됐다면서요. 이제 업무랑 관련도 없잖아요."

"그거야 그렇지만, 뭐, 비즈니스상의 예의라고나 할까."

귀를 갸우뚱하며 묻는 수플레를 보며 마모리는 쓴웃음을 지었다. 지역 아이돌은 앞으로 마모리네 회사가 개최할 다른 행사에서도 섭외할 일이 많을 터였다. 후루타가 오랜만에 선배다운 면모를 보이며 이럴 때 찾아가서 눈도장을 찍어두는 게 좋다고 조언했다.

"인사도 할 겸 해서. 그 아이돌도 행사에 못 와서 많이 아쉬워한다길래 병문안이라도 다녀오려고."

병문안 선물을 전해주고 쾌차하시라고 인사나 하고 올 작정이었다. 그런 다음에는 아이돌이 빠진 빈자리를 메워줄 사람을 찾아야 했다. 고객사 쪽에선 마땅한 출연자를 찾지 못했는지 출연자 섭외까지 맡아달라며 또 마모리에게 일을 떠넘겼다.

'우리 회사, 출연자 섭외 쪽은 약한데 어쩌지. 이건 기획만큼이나 고난도다.'

얘기가 옆으로 샜지만 아무튼 이런 까닭에 우연찮게도 마모리는 다쓰의 손주와 만나려고 하면 만날 수 있는 상황이었다.

"제가 인형을 손주분께 전해드리면 어떨까요?"

"아이고, 그래도 될까?"

"이렇게 만난 것도 인연이잖아요!"

이런 사소한 만남도 인연은 인연이었다. 구세주라도 만난 듯 다쓰는 거칠고 딱딱한 두 손으로 마모리의 손을 부여잡으며 몇 번이고 고맙다고 인사했다.

"고맙네, 고마워. 손주한테 직접 가지 못해 미안하다고, 하루라도 빨리 회복하라고 꼭 좀 전해줘요."

"네, 꼭 전달할게요."

마모리가 고개를 힘차게 끄덕였다. 손주가 마음에 걸려서 잠을 못 자던 다쓰는 이제 조금 안심이 된 듯했다.

"모두들 고마워요, 정말 고마워. 여러분 덕분에 오늘 밤은 안 깨고 아침까지 푹 잘 수 있을 것 같아요."

다쓰는 마모리에게 인형을 건네주며 손주의 이름과 병실을 알려줬다. 그러고는 천천히 일어섰다. 다쓰의 무릎이 테이블에 부딪혀 텅 빈 그릇이 흔들렸다. 입구를 향해 걸어가는 발걸음을 보니 한쪽 다리를 조금 절었다.

'잠이 안 와서 나왔다고는 했지만, 한밤중 산책은 걷기 운동을 하려는 것이었을까?'

살짝 비틀거리는 다쓰의 등을 보네가 날아가 부축했다.

"넘어지지 않게 조심하세요."

"그래, 그래, 조심할게."

다쓰와 보네가 주고받는 말을 들으니 마치 손주와 할아버지의 대화 같았다.

"참, 계산은?"

"저희 가게는 임시 영업 중이라서 음식값은 안 받아요."

주머니에서 5천 엔을 꺼내는 다쓰에게 가에데는 손님에게 늘 하던 말을 똑같이 반복했다. 당황한 다쓰의 등을 보네가 그냥 가도 된다며 떠밀었다.

마모리가 앞서 나가 문을 열었다. 그 순간 싸늘한 밤바람이 휘몰아 들이쳤다. 부르르 어깨를 떠는 다쓰에게 타르트가 "아 참, 선물을 까먹었어요!" 하고 오렌지색 리본으로 묶은 향주머니를 갖다주었다.

"여기요!"

"이건, 유자랑 편백나무 향?"

다쓰는 타르트에게 받은 향주머니를 코에 대고 킁킁 향을 맡았다. 두 종류의 향을 섞어 만든 향주머니였다. 한 걸음 떨어져 서 있는 가에데가 효능을 설명했다.

"유자도 편백도 일본인에게 친숙한 향인데요, 혈액 순환을 촉진하는 감귤류의 유자와 나무의 온기를 느끼게 하는 편백은 냉증에 효과가 아주 좋아요. 숙면에 도움이 되면 좋겠네요."

"뭐라 감사해야 할지 모르겠네."

다쓰는 연신 고맙다고 말하며 향주머니를 바지 주머니에 잘 집어넣었다. 마모리도 익히 아는 향이었는데 코를 살짝 스쳤을 뿐인데도 기분이 상쾌해졌다.

다쓰는 이제 정말로 문을 나서려고 걸음을 떼다가 문에 또 다리를 부딪히고 말았다.

"아이고야."

"집까지 모셔다드릴까요?"

괜한 오지랖일까 싶었지만 마모리는 슬쩍 물어봤다. 가에데와 인형들은 카페 밖으로는 한 발짝도 나가지 못한다는 걸 마모리는 카페에 드나들면서 알게 됐다. 할아버지를 배웅할 수 있는 사람은 마모리뿐이었다.

"그럴 필요 없어."

"그래도……."

"집도 주민센터도 여기서 엎어지면 코 닿을 거리야. 밤 산책도 익숙한 일이고. 맞아, 맞아. 생각났다."

혼잣말하듯이 다쓰가 웅얼거리는 소리를 옆에 있던 마모리만 주워들었다.

"마스터 이름이 가에데라고 했나? 옛날에 이곳에 살던 와카바 씨랑 닮았구먼."

"와카바 씨?"

"그러고 보니 고즈에랑도 좀 닮은 것 같고."

그 사람들이 누구냐고 묻기도 전에 다쓰는 저만치 멀어져 갔다. 뒤에서 가에데가 "안녕히 주무세요. 좋은 밤 보내시길" 하고 외치는 소리가 정신이 멍해진 마모리의 귀엔 아주 멀리서 들려오는 듯했다.

'와카바 씨는 그 사진 속 할머니, 그러니까 가에데 씨의 진짜 할머니겠지. 그럼 고즈에는?'

생각에 잠겨 있는데 문득 허리가 무거워졌다. 수플레가 달라붙어서 마모리의 얼굴을 들여다봤다.

"왜 그래, 마모리 씨? 무슨 생각 해요?"

"음, 고즈에가…….."

대답하려고 보니 머릿속에 맴돌던 이름이 입 밖으로 툭 튀어나왔다. 콰당, 하고 등 뒤에서 큰 소리가 났다.

"앗, 가에데 씨?"

"아아…….."

가에데가 머리를 감싸 안으며 바닥에 쭈그려 앉았다. 그릇을 정리하던 타르트가 "마스터!" 하고 소리치며 달려왔다. 보네와 수플레도 가에데 옆에 착 달라붙었다.

이전에도 몇 번 맞닥뜨렸던 상황이었다. 하지만 가에데는 그때보다 훨씬 더 괴로워했다.

'그리고, 점점 희미해지는데.'

가에데의 몸이 군데군데 투명하게 보였다. 이전에 마모리가 목격했던 장면은 잘못 본 게 아니었다.

"가, 가에데 씨! 가에데 씨, 정신 차리세요!"

"고, 고즈에는 제…….."

마모리도 가에데 옆에 털썩 주저앉아 가에데의 어깨를 쥐고 소리쳤다. 가에데의 입에서 고즈에라는 이름이 나온 걸 보니 가에데와도 관련 있는 인물임이 분명했다.

'역시 사진 속에서 어린 가에데 씨와 같이 서 있던 사람은 여동생일까? 다쓰 씨도 고즈에 씨랑 아는 사이? 아, 지금은 그것보다!'

지난번보다 더 오랜 시간 고통스러워하는 가에데를 보고

있으려니 마모리의 이마에서도 식은땀이 흘렀다. 하지만 가에데가 고즈에를 생각해 내려고 애쓰는 것처럼 보여서 어설프게 끼어들어선 안 될 것 같았다.

“마, 마모리 씨, 이제 그만 들어가세요.”

가에데가 안간힘을 쓰며 겨우 입을 떼더니 마모리의 귀가를 재촉했다.

“그, 그래도!”

주저하는 마모리에게 가에데는 괜찮아요, 하고 의외로 단호한 목소리로 말했다.

“뭔가 소중한 기억이 떠오를 것 같아요. 그러니까…….”

“아, 알겠습니다.”

마모리는 테이블 위에 굴러다니는 인형을 손에 쥔 뒤 서둘러 가방을 어깨에 메고는 떨어지지 않는 발걸음을 애써 뗐다.

마지막으로 뒤돌아본 순간.

왕관 모양 조명 아래 하나로 뭉친 가에데와 인형들은 빛에 녹아 당장이라도 사라질 듯 보였다.

그날 밤 마모리는 푹 자요 카페에 들르기 시작한 뒤 처음으로 잠을 거의 못 자고 아침을 맞았다.

5장

기도하는 아침

하나비시 고즈에는 소원을 빌었다.

소원이 이루어지길 바라는 간절한 마음을 담아 인형을 만들었다.

부디 잠들어 있는 오빠에게 하루빨리 아침이 오기를.

C

병원이라는 공간에는 독특한 공기가 흐른다고 마모리는 생각했다. 병원이 아무리 크고 사람들로 북적거리고 잡다한 소리가 어지러이 뒤섞여 시장통 같다 하더라도 밑바탕에는 냉정하고 차분한 기운이 깔려 있다. 어릴 적엔 그런 엄숙함이 못 견디게 싫었다.

'지금도 이런 분위기는 질색이지만 나이가 들수록 병원 신

세 질 일이 많아지겠지. 친구 중엔 병원에서 일하는 애들도 많은데 정말 대단해.'

화요일 오후 3시.

마모리는 폭이 좁은 갈색 정장 바지에 하늘색 니트 셔츠를 받쳐 입은 가벼운 정장 차림으로 다마유라 종합병원으로 향했다. 병문안 선물로 유명한 가게의 과일 젤리를 종이 가방에 담아 두 개 준비했다. 업무차 병문안을 가는 것이니 근무 시간에 외출 허가를 받아 오랜만에 회사 차를 끌고 나왔다. 다쓰의 손주 병실을 방문하는 건 개인적인 일이었지만 잠깐 들르는 거니 그 정도는 괜찮겠지 싶었다.

'어디 보자, 2층으로 가면 되려나.'

업무 쪽 병문안부터 가기로 하고 아이돌이 입원한 병실을 찾았다. 고객사에서 요청한 특별 이벤트 기획 건과 펑크 난 무대 출연자 섭외 건은 하루 더 시간을 달라고 양해를 구해놓았다. 낮에 담당자에게 전화했더니 "괜찮습니다. 무리한 부탁을 드려 제가 더 죄송하죠" 하고 오히려 사과를 받았다. 무리한 부탁이라는 자각은 있었나 보다.

어젯밤 또다시 잠을 설친 마모리의 머리에선 아무리 쥐어짜도 나오는 게 없어서 어쩔 수 없었다. 후루타와 고가이네도 몸이 안 좋아 보인다며 마모리를 걱정스레 쳐다봤다.

'가에데 씨는 어떻게 됐을까.'

널찍한 엘리베이터에 올라 2층 버튼을 눌렀다. 덜컹덜컹 위

로 올라가는 삭막한 상자 안에서 가에데가 괴로움에 몸부림
치던 모습을 떠올렸다. 카페를 나오기 직전에 본 가에데와 인
형들이 사라지는 광경이 머릿속에 또렷이 각인되어 지워지지
않았다. 그 모습이 꿈에도 나타나 마모리는 몇 번이나 불안에
떨며 잠에서 깼다.

'이제 카페에는 더 이상 못 가는 걸까. 가에데 씨뿐만 아니
라 수플레, 타르트, 보네까지 다들 어떻게 되는 거지.'

머릿속엔 온통 카페 생각뿐이었다. 마모리는 침울한 마음을
애써 추스르며 엘리베이터에서 내렸다. 어찌 됐든 오늘 밤 다
시 가보기 전까지는 카페가 어떻게 됐는지 알 도리가 없었다.
일단 코앞에 닥친 일부터 하나하나 처리해야 했다.

"그래. 병문안부터 마치자."

어깨에 걸친 가방끈을 힘주어 잡으며 환자와 간호사들이
오가는 복도를 힘차게 걸어갔다.

입원한 지역 아이돌은 얼굴이 너무 동안이어서 도저히 스
무 살로는 보이지 않았다.

"보컬 트레이닝을 하는데 배가 너무 아파서 처음엔 변비인
줄 알았다니까요. 세상에, 어쩜 맹장염인 거 있죠!"

성격이 명랑하고 밝아서 이제 곧 수술을 받는데도 한없이
밝은 목소리로 떠들었다. 출연을 못 해 아쉽지만 우선은 수술
을 잘 받고 쾌차하길 바란다는 형식적인 말들을 늘어놓은 뒤
마모리는 과일 젤리를 선물하고 병실을 나왔다. 병문안은 10분

도 채 걸리지 않았다.

'애가 밝고 착해 보이던데 다음에 행사할 일 있으면 같이 일해봐도 좋겠다.'

손에 든 종이 가방이 하나로 줄었다. 이번엔 3층으로 가려는데 "자, 잠깐만요!" 하고 등 뒤에서 누군가가 불렀다.

"네? 저요?"

뒤돌아보니 정장 차림의 왜소한 남자가 서 있었다. 마모리는 순간 누군지 몰라 흠칫했는데 목에 걸린 사원증을 보고 퍼뜩 떠올랐다.

"아, 그, 나랑 동지!"

"동지?"

"아니, 그게 아니고! 전철에서 만났던 다도코로 씨, 맞죠? 향주머니 드렸던."

마음속으로만 생각하던, 같은 부류의 사람이라는 동지 의식이 입 밖으로 무심코 튀어나오고 말았지만 사원증을 보고 이름을 확인하면서 기억과 맞추어봤다. 마모리가 알아봐서 기쁜지 다도코로의 얼굴이 환해졌다.

"다행이다. 기억하시는군요. 그때 주신 향주머니 정말 잘 쓰고 있어요. 감사 인사를 드리고 싶었는데 그 뒤로는 전철에서 만나지를 못해서요."

"향주머니, 효과가 있었어요?"

"네, 정말 좋았어요!"

고개를 깊이 끄덕이는 다도코로의 눈가를 살펴보니 다크서 클이 눈에 띄게 옅어져 있었다. 완전히 없어진 건 아니었지만 그래도 인상이 많이 밝아졌고 구부정했던 등도 꼿꼿해졌다. 전철에서 마주쳤을 때와는 인상이 많이 바뀌어서 몰라볼 만도 했다. 이게 다 잠을 잘 자게 된 덕분일까.

"앗! 오늘은 일 때문에 온 거라서 사원증을 걸고 있는 거예요."

"알아요. 딱 보니 알겠던데요."

지난번에 사원증을 목에 건 채 전철을 탔던 일이 떠올랐는지 서둘러 변명하는 다도코로를 보면서 마모리는 쿡쿡 웃었다. 다도코로는 의료기기 제작 회사의 영업직이라서 종합병원에 자주 드나드는 모양이었다.

"전 일 때문에 병문안을 왔어요."

"일 때문에요? 사회생활이라는 게 참 쉽지가 않네요."

다도코로는 짧게 잘라 잘 정돈한 검은 머리를 긁적이며 쓴웃음을 지었지만 태도는 밝고 경쾌했다.

"알려주신 대로 향주머니를 머리맡에 두고 잤더니 잔잔한 향이 나더라고요. 그걸 맡고 있으려니 하루의 피로가 몰려오면서 문득 아, 나 오늘 정말 피곤하구나, 열심히 살았구나, 하고 하루를 돌아보게 됐어요."

열심히 최선을 다해야지, 하고 자신을 극한까지 몰아가다 보니 몸이 지쳐 나가떨어지는 것도 알아채지 못했을 터였다. 마모리도 익히 겪은 회사 노예의 삶이었다.

“‘정말 고생 많으셨습니다’라고 말해주셨잖아요. 그 말을 듣고 나니 어찌나 뭉클한지, 그만 눈물이 다 나더라고요.”

“저도 그랬어요. 한계에 다다랐을 때 누군가가 해준 말 한마디가 정말 큰 위로가 되더라고요.”

“맞아요. 그래서 그때 작정하고 회사를 하루 쉬었어요. 하루 종일 아무것도 안 하고 푹 자고 쉬었더니 기운이 났어요.”

한동안 영업 실적이 바닥을 기고 있었는데 오늘 신규 계약을 따냈다면서 다도코로는 드디어 희망이 보이기 시작했다며 좋아했다.

“다 덕분이에요! 고맙습니다.”

다도코로가 머리를 꾸벅 숙여 인사하는 바람에 마모리는 당황했다. 휠체어를 탄 할머니가 지나가면서 뭔 일이 생겼나 하고 빤히 쳐다봤다.

“어머나, 고개 드세요.”

“감사 인사를 제대로 못 한 것 같아서요. 그래서 음, 그러니까…… 괜찮으시면 성함을 여쭤봐도 될까요?”

다도코로가 우물쭈물하며 물었다. 마침 명함을 가지고 있어서 마모리는 회사 명함을 꺼냈다. 다도코로도 셔츠 주머니에서 명함을 꺼내 마치 업무로 만난 사이처럼 서로 정중히 명함을 주고받았다.

“이누이 씨라고 부르면 될까요? 저기, 괜찮으시면 다음에 같이 식사라도…… 답례하고 싶어서요. 그러니까, 그……”

이런 쪽에 감이 뛰어난 사람이라면 다도코로가 마모리에게 호감이 있다는 사실을 단번에 알아챘을 것이다. 다도코로는 마음이 그대로 표정에 드러나는 사람이었다. 하지만 마모리는 이런 쪽으로는 영 서툴렀고, 그때 마침 들려온 노랫소리에 마음을 빼앗기고 말았다.

"어? 이 노래?"

"네? 아, 아, 노래요?"

남녀 여럿이 함께 부르는 노랫소리가 어디선가 희미하게 들려왔다. 아름다운 화음에 귀 기울이다 보니 마음이 한없이 편안해졌다. 게다가 그 노래는 마모리가 좋아하는 아티스트 SARASA의 신곡이었다. 발라드 위주였던 그동안의 곡과는 달리 이번 신곡은 리드미컬하고 경쾌해서 손뼉을 치며 다 같이 부르기에 좋았다.

"한 달에 한 번 이 병원 1층 로비에서 콘서트가 열려요. 환자들도 좋아하고 근처 주민들도 많이 보러 오나 봐요."

"병원에서 콘서트라……."

"지금 나오는 목소리는 이 지역을 기반으로 활동하는 아카펠라 그룹인데 콘서트 단골 출연자예요. 저도 정말 좋아해요."

주로 외국곡을 편곡해 부르고, 축제 출연 경험도 많다고 들은 순간 마모리는 이 그룹으로 하자고 결심했다. 빠진 아이돌 대신 이 아카펠라 그룹을 옥토버페스트 무대에 초대하면 잘 어울릴 것 같았다.

“그룹 이름이 뭐예요?”

“네? 아, 로비에서 나눠주는 유인물 받은 게 있었는데…….”

“저 좀 보여주세요!”

흥분한 마모리가 옆에 딱 달라붙자 다도코로는 어쩔 줄 몰라 하며 서류 가방에서 반으로 접힌 종이 한 장을 꺼냈다. 펼쳐봤더니 어깨동무하고 선 젊은 남녀 여섯 명의 사진이 큼지막하게 실려 있었다. 여섯 명이라는 사람 수에서 따왔는지 그룹 이름은 ‘사이코로* 리듬’이었고 남녀 모두 뺨에 주사위 그림을 붙이고 있었다.

‘그래, 이거야!’

드디어 찾았다고 소리라도 지르고 싶었는데 그와 동시에 번뜩이는 기획도 떠올랐다. 회사에 돌아가면 곧바로 출연자 섭외 제안서와 이벤트 기획안을 한꺼번에 정리해서 담당자에게 보내면 될 것 같았다.

“이 유인물 저 주시면 안 될까요?”

“네, 가지세요.”

“고맙습니다! 그럼 전 병문안 가야 할 곳이 한 군데 더 있어서 일 보고 들어갈게요. 안녕히 가세요!”

“아, 이누이 씨! 그러니까 그…….”

“우리 같이 열심히 해봐요!”

전철에서 했던 고생 많았다는 말이 열심히 하자는 말로 바

꿰었다. 마모리는 꾸벅 인사하고는 다도코로를 등지고 멀어졌다. 다도코로는 버려진 강아지마냥 애처로운 표정을 지으며 멍하니 서 있었지만 마모리는 아무것도 눈치채지 못한 채 힘차게 앞을 향해 걸어갔다. 꽉 막혀 있던 기획 아이디어가 예상치 못한 곳에서 튀어나와서 발걸음이 한결 가벼웠다.

그렇게 신나서 걸어가다가 모퉁이에서 나타난 사람과 그만 정면으로 부딪히고 말았다.

"엄마야!"

귀엽게 생긴 소녀의 소프라노 같은 목소리와 함께 둘 다 엉덩방아를 찧었다. 마모리는 비명조차 지르지 못했다. 한발 늦게 "죄, 죄송합니다! 다치진 않았어요?" 하고 마모리가 먼저 일어나 소녀에게 팔을 뻗었다. 병원에서 접촉 사고라니 어이가 없었다.

"괜찮아요. 죄송합니다."

'어머나, 귀여워라!'

교복을 입은 소녀는 고등학생으로 보였다. 어깨를 스치는 밝은 갈색 머리에 희미한 연갈색 눈동자가 시선을 잡아끌었다. 작은 얼굴에 눈, 코, 입이 오밀조밀 앙증맞았고 팔다리는 길쭉길쭉, 몸은 호리호리했다. 남색 스카프가 포인트로 들어간 교복이 아주 잘 어울렸다.

'아이돌도 귀여웠지만 얘도 너무 예쁘다. 그런데 어디서 본 듯한 얼굴인데.'

마모리의 손을 잡고 일어선 소녀는 처음 보는 얼굴인데도 낯설지 않았다. 다도코로는 누군지 금방 떠올랐던 반면 소녀는 아무리 머릿속을 뒤져봐도 기억이 나지 않았다. 마모리가 마음속으로 고개를 갸우뚱하는데 소녀가 "어? 떨어졌어요" 하고 가볍게 몸을 굽혀 뭔가를 주웠다.

"그, 그거 엄청 중요한 건데, 큰일 날 뻔했네! 고마워."

엉덩방아를 찧는 바람에 가방에 넣어두었던 다쓰가 만든 인형이 굴러떨어지고 말았다. 더러워지진 않았는지 확인해 봐야 했다. 종이 가방에 든 과일 젤리도 뭉개지지 않았기를 빌었다.

인형을 주워 건네주려던 소녀의 눈이 갑자기 휘둥그레졌다.

"이 인형, 다쓰 할아버지가 만든 건데? 이게 왜 여기 있지."

"다쓰 할아버지? 아, 혹시?"

둘은 얼굴을 마주한 채 눈을 껌뻑이며 서로를 빤히 쳐다봤다. 왠지 얘기가 길어질 것 같아 마모리와 소녀는 통행에 방해되지 않게 일단 통로를 떠나 휴게실로 자리를 옮겼다. 그 사이 아카펠라 그룹의 노래가 끝났는지 멀리서 우레와 같은 박수 소리가 들렸다.

손목시계를 보니 차분히 앉아서 얘기할 만한 여유는 없어서 그냥 선 채로 얘기를 나눴다. 마모리가 먼저 다쓰와의 사연을 풀어놓았다.

"카페에서 합석하게 된 인연으로 어쩌다 보니 손주에게 인형을 전달해 달라고 부탁받았어."

물론 그 카페가 신기하고 이상한 곳이라는 말은 덮어두었다. 다쓰가 카페에 갔다는 말이 우스운지 소녀가 킥킥 웃음을 터트렸다. 소녀는 근처 사립 고등학교에 다니는 3학년생으로 오늘은 시험이라 학교가 일찍 끝났다고 했다. 동아리 활동으로 수예 교실에 나가는데 그곳에서 다쓰를 만났다.

"제가 이 인형으로 하자고 할아버지께 제안했거든요. 예전에 손주가 그 캐릭터가 나오는 애니메이션을 좋아한다고 말씀하셔서요."

"그런 사연이 있었구나."

"할아버지도 참, 그런 일이 있으면 저한테 얘기해 주셨으면 좋았을 텐데. 지난달 말부터 오빠가 이 병원에 입원해 있어서 병원에 자주 오거든요."

"오빠가?"

"사고로 다쳤는데 아직 깨어나지 못하고 있어요."

소녀의 중얼거림은 납처럼 무겁게 바닥으로 가라앉았다. 병이 아닌 사고 때문이라고 했는데 심각한 상황 같아서 마모리는 먹먹한 마음에 뭐라 위로해야 할지 할 말을 찾지 못했다.

'병문안을 자주 온다는 걸 보니 사이가 좋았나 보네. 그런 오빠가 깨어나지 못하고 있으니 얼마나 속이 탈까.'

소녀의 마음을 헤아려보느라 입을 다물고 있던 마모리와 달리 소녀는 착 가라앉은 분위기를 떨쳐내려는 듯 갈색 머리를 발랄하게 귀에 걸었다.

"처음 만난 분에게 이런 어두운 얘기를 해서 죄송해요. 곤란하셨죠? 이름도 모르는데."

애써 밝은 목소리로 소녀가 밝힌 이름을 듣고 마모리는 충격에 휩싸였다.

"하나비시 고즈에입니다."

"고즈에?"

딸깍, 하고 마모리의 머릿속에서 퍼즐 한 조각이 조용히 맞춰졌다. 오빠의 이름을 머뭇머뭇 물었더니 하나비시 가에데라는 덤덤한 대답이 돌아왔다. 이름을 듣고 나서 고즈에를 다시 보니 카페 2층에서 본 사진 속 소녀의 흔적이 남아 있었다. 가에데와 남매 사이임이 틀림없었다.

하지만 동시에 어쩔 수 없는 모순이 생겨났다.

'고즈에의 오빠는 지난달 말부터 의식 불명으로 입원 중이라고 했잖아?'

마모리가 푹 자요 카페에 처음 갔던 게 그 무렵이었다.

고즈에의 오빠가 마모리가 아는 가에데가 맞다면, 그렇다면 가에데는…….

지이잉, 마모리가 혼란스러운 머릿속을 정리하려 허우적대는데 가방에서 스마트폰이 울렸다. 길게 울리는 걸 보니 문자가 아니라 전화였다.

"여기선 통화해도 괜찮아요. 신경 쓰지 말고 받으세요."

“아, 그럼 잠깐 실례할게.”

스마트폰을 꺼내 발신자를 확인해 보니 후루타였다. 언젠가 긴급 호출을 했을 때처럼 마모리는 또 문제가 생겼음을 직감했다.

“네, 선배.”

“아, 다행이다! 이누이, 회사로 몇 시까지 올 수 있어?”

“무슨 일 있어요?”

예감은 틀리지 않는 법, 정신이 없는 듯 후루타가 속사포처럼 말을 쏟아냈다.

“오늘 밤 8시에 시작하는 토크 콘서트 말이야. 한밤중 독서를 테마로 작가 초청한 거! 참가자들한테 나눠줄 책자 납품을 촉박하게 잡아서인지 인쇄소 실수로 안내지가 빠지고 말았어.”

“네? 설마 지금?”

“으응, 수작업으로 한 장씩 끼워 넣어야 해. 손이 부족하니까 너도 빨리 들어와서 도와줘!”

“네, 알겠습니다!”

한시라도 빨리 회사로 돌아가야 했다. 조금만 파고들면 가에데와 카페의 진실을 밝혀낼 수 있을 것 같았지만 지금은 일단 후퇴해야 했다. 소책자가 몇백 부인지는 모르지만 쉽게 끝날 일이 아니었다. 그걸 밤까지 마쳐야 하니 상황이 매우 급박했다.

“무슨 일 생겼어요?”

아직 학생인 고즈에는 전화기 너머로 새어 나오는 말을 듣고 큰일이라도 벌어진 줄 알고 눈이 동그래졌다. 마모리는 '회사 일이 늘 이런 건 아니지만' 하고 변명하고 싶었지만 대체로 늘 이랬다.

"흠, 차로 회사까지 가장 빨리 가는 길이…… 맞다, 인형!"

"그건 제가 손주분께 전해줄게요."

아직 가야 할 병문안이 하나 더 있어서 발을 동동 구르는 마모리를 보며 고즈에가 조심스럽게 제안했다. 바닥에 떨어진 인형도 아까 고즈에가 주운 채로 아직 고즈에의 손에 있었다.

"그래도 될까?"

"물론이죠. 손주분 얼굴도 할아버지가 사진으로 보여주셔서 알고 있어요. 전할 말이 있으면 손주분께 전해드릴게요."

상냥하고 친절한 게 과연 가에데의 동생다웠다. 마모리는 다행이라 여기며 병실을 알려주고는 다쓰가 손주에게 전해 달라는 말을 조사 하나 빠뜨리지 않고 부탁했다. 과일 젤리가 든 종이 가방도 건네줬다.

"그리고, 고즈에랑 하고 싶은 얘기가 더 있는데……."

"저랑요?"

"응. 오빠 병문안 언제 또 와?"

고즈에는 잠시 날짜를 세봤다. 고등학생이고 동아리 활동도 해야 하니 오늘처럼 시험이 끝난 날이 아니면 평일은 어려울 것 같았다.

"이번 주 토요일 낮이요, 아마도."

"그럼 그날 12시 반쯤에 여기서 또 만날 수 있을까? 고즈에만 괜찮다면 나도 오빠 병문안 오고 싶어."

토요일은 오전 근무만 있어서 오후부터는 자유로웠다. 마모리의 요청에 고즈에는 어리둥절해하면서도 알았다며 고개를 끄덕였다. 재빨리 연락처를 교환한 뒤 고즈에와 헤어졌다.

헤어지며 쳐다본 고즈에의 얼굴에 가에데의 얼굴이 겹쳐 보였다. 남매라는 걸 알고 보니 더 닮아 보였다.

'가에데 씨…….'

가에데가 떠오르자 발길이 떨어지지 않았다.

양손으로 뺨을 착착 때리면서 마음을 다잡은 뒤 마모리는 병원 지하 주차장으로 향했다. 그곳에 주차해 둔 낡은 회사 차를 타고 곧바로 출발했다.

☾

소책자에 안내지를 끼워 넣는 일은 하염없이 지루한 작업이었다. 종이에 손이 베이면서도 어찌 됐든 제시간에 마쳤다. 완성품은 마모리가 회사 차에 실어 규정 속도를 아슬아슬하게 지키며 행사장에 가져다 놓았다. 그동안 운전할 일이 거의 없었는데 오늘 하루 평생 할 운전을 다 한 듯한 기분이었다.

하지만 지옥은 거기서 끝나지 않았다.

문제를 수습하는 데 시간을 뺏기다 보니 정작 마모리의 일은 하나도 못 했다. 벌써 해가 떨어졌지만 평소라면 부하를 놔두고 표표히 사라지는 상사 미우라까지 다 같이 사이좋게 회사로 돌아와 야근을 했다.

그날 밤 마모리는 막차를 기다리면서 푹 자요 카페에 갈지 말지 마지막까지 고민했지만 결국 가지 않기로 했다. 가에데와 인형들이 어떻게 됐는지 빨리 가서 확인하고 싶었다. 하지만 고즈에와 얘기를 나누는 게 먼저일 것 같았다.

'모든 일을 제대로 파악하고 난 뒤에 가에데 씨를 만나고 싶어.'

그래서 주말이 올 때까지 참기로 했다.

그리고 마침내 당도한 그날.

비가 오려는지 아침부터 잿빛 구름이 하늘을 덮고 있었다.

마모리는 오후에 고즈에랑 약속이 있어서 습기와 저기압, 수면 부족에 따른 졸음에도 굴하지 않고 일에 매달렸다.

"네, 네…… 마음에 드신다니 다행이네요! 그럼 저희 쪽에서 출연자를 섭외해 보겠습니다. 기획도 준비에 들어갈게요."

책상에 앉아 옥토버페스트 담당자랑 한참을 통화하고 전화를 끊었다. 스마트폰을 내려놓으며 첫 관문을 통과했다고 안도의 한숨을 내쉬고는 키보드 위에 엎드렸다. 담당자도 펑크난 출연자를 대신할 아카펠라 그룹을 마음에 들어 했다. 공식 홈페이지에 올라온 공연 영상을 보더니 인사치레가 아니라 정말로 좋다며 흔쾌히 승인했다. 아카펠라 그룹은 출연 섭외를 수시로 받고 있어서 사무실에 요청 메일을 보내고 일정을 확인해야 했다. 아, 할 일이 태산이었다.

'새 기획도 성사시키려면 여기저기 연락해야 하는데. 졸리고 머리도 아프고…….'

가에데가 만든 숙면에 좋은 카페 메뉴가 더욱 간절했다. 가에데의 느긋한 미소에 위로받고 싶었고, 수플레의 거침없는 말과 행동도, 타르트의 성실함도, 보네의 뚱한 태도도 모두 다 그리웠다. 카페에서의 꿈같은 시간을 지금 당장 만끽하고 싶었다.

'아니야…… 안 돼, 안 돼! 카페는 나중에!'

마모리는 고개를 힘차게 젓고는 다시 모니터를 쳐다보며 멈춰 있던 손을 움직였다. 시곗바늘은 재깍재깍 쉼 없이 잘도 돌아갔다.

"수고 많으셨습니다. 먼저 가보겠습니다!"

마모리는 총알처럼 빠르게 사무실을 나와 병원으로 향했다. 이번에는 버스로 이동했는데 병원 근처 버스 정류장에 내렸더니 바로 앞에 유럽풍 외관의 고풍스러운 선물 가게가 눈에 들어왔다. 유리창으로 엿본 가게 안은 인테리어 소품, 핸드메이드 액세서리, 쿠키 등의 과자, 특이한 문구 등이 진열대며 벽장에 빼곡했다. 신기하고 아기자기한 소품에 마음을 뺏겨 발길이 저절로 가게로 향했다.

'예쁜 실내장식 소품을 취급하는 가게인가 보다. 병문안 선물로 하나 골라볼까.'

약속 시간이 촉박해서 얼른 훑어보고 가려고 가게 안으로 들어섰다. 지난번에는 병문안 선물로 과일 젤리를 사 갔는데 고즈에의 오빠는 오랫동안 의식 불명으로 입원해 있다고 했으니 병실을 꾸밀 만한 소품도 좋을 성싶었다.

'그런데, 정말, 진짜로 가에데 씨일까?'

솔직히 그렇게 생각하면 도저히 믿기지 않는 현실에 두려움이 앞섰다. 가능한 한 생각하지 않으려고 병원 앞에 다다른 이 순간까지도 그 문제를 저만치 밀어두었다.

'내 눈으로 직접 확인하는 수밖에 없어…… 어?'

가게 안을 둘러보는데 하바리움 코너가 보였다. 유리병에 화초를 넣고 전용 액체를 부어 밀폐한 식물 표본이었다. 유리병도, 속에 든 화초도 각양각색이었고 하나같이 무척 예뻤다. 마모리는 앞에 놓인 물방울 모양의 자그마한 유리병을 집어 들었다. 노랑, 빨강, 파랑, 세 가지 색의 작은 꽃이 세 개의 층으로 알록달록 구성되어 왠지 수플레, 타르트, 보네가 떠올랐다.

"하바리움 선물하시게요?"

유리병을 가볍게 흔들어 보는데 점장 이름표를 단 중년 여성이 웃는 얼굴로 말을 걸었다.

"네, 병문안 선물로 어떨까 해서요."

"너무 좋죠!"

가슴 앞에서 두 손을 맞잡으며 점장은 스스럼없이 가까이 다가왔다. 요즘은 물품 반입을 아예 금지하는 병원도 많은 데다가 전염병 위험이나 번거로운 관리 때문에 병문안 선물로 생화를 별로 추천하지 않는다고 했다. 하바리움이라면 따로 관리할 필요가 없으니 편하고, 새하얀 병실에 화사한 분위기를 불어넣는데도 제격일 듯싶었다.

"게다가 고르신 건 안개꽃을 신호등 색깔처럼 착색한 건데요, 안개꽃의 꽃말이 '당신의 행복을 기원합니다'예요. 병문안 선물로는 딱이죠."

"아, 안개꽃이구나. 그런데 여기 이 꽃은요?"

신호등 색깔 꽃 밑에 짙고 붉은 자줏빛 꽃잎이 보였는데 안개꽃과는 모양이 달랐다. 점장은 "맞아요" 하고 고개를 주억거리며 대답했다.

"하바리움에는 안개꽃을 제일 많이 쓰지만 여기엔 흔치 않게 박태기나무라는 작은 나무에서 피는 꽃도 들어갔어요."

"박태기나무요?"

"서양에선 예수를 배반한 유다가 목매어 죽은 나무라는 전설이 있어서 꺼리는 사람도 많지만 일본에선 운을 부르는 좋은 수목으로 알려졌어요. 꽃말도 선물용으로 아주 좋아요. '기쁨'이랑 '풍요로운 인생', 그리고……."

식물에 관한 지식이 풍부한 점장이 알려준 마지막 꽃말을 듣자마자 마모리는 반사적으로 "이걸로 주세요!" 하고 소리쳤다.

점장은 "고맙습니다, 계산은 이쪽에서" 하고 마모리를 계산대로 안내했다. 사는 김에 고즈에 선물도 사려고 계산대 옆에 놓인 예쁘게 포장된 초코 쿠키도 하나 골라 종이 가방에 넣었다.

양손 가득 선물을 들고 고즈에와 만나기로 한 병원 대기실로 향했다. 고즈에는 벌써 와서 기둥에 등을 기댄 채 스마트폰을 보며 기다리고 있었다. 지난번 교복 입은 모습도 잘 어울렸는데 멜빵바지를 입은 모습도 귀여웠다. 역시나 감각이 돋보였다. 마모리가 "고즈에!" 하고 부르자 연갈색 눈동자가 마모리를 쳐다봤다.

"안녕하세요, 마모리 씨. 오늘도 일하다 온 거예요?"

"오늘은 일 다 끝내고 나왔어."

"다행이네요. 오빠 병실은 이쪽이에요."

둘이서 나란히 복도를 걸어가면서 고즈에는 다쓰의 손주에게 인형을 무사히 전달했다고 알려주었다.

"손주분, 정말 좋아했어요. 할아버지가 응원하는 모습을 보기 위해서라도 꼭 시합에 나가겠다며 재활치료도 열심히 하겠다고 했어요."

"그랬구나, 잘됐다."

"마모리 씨가 준 과일 젤리도 고맙다고, 잘 먹겠다고 꼭 전해달라고 했어요. 다음 수예 교실 때 할아버지 만나면 할아버지께도 알려드릴게요."

고즈에에게 고맙다는 인사를 하는 사이 병실 앞에 다다랐다. 1인실이었는데 팻말에는 '하나비시 가에데'라는 이름이 똑똑히 적혀 있었다.

순간 긴장되면서 목이 바짝 탔다.

고즈에는 익숙한 손놀림으로 "들어갈게, 오빠" 하고 문을 열었다. 병실 안은 다인실보다 훨씬 공간이 여유로웠고 화장실과 샤워실도 한쪽에 있었지만 침대를 빼면 냉장고와 선반 정도가 설치되어 있을 뿐 별다른 가구 없이 단출했다. 너무 간소해서 삭막한 느낌마저 들었다.

그리고 침대에는 가에데가 누워 있었다.

마모리가 아는 가에데보다 말랐고, 황금색 머리칼은 윤기를 잃어 푸석푸석했지만 가에데가 틀림없었다. 환자복 차림으로 눈을 감은 채 링거를 주렁주렁 매단 모습이 애처로웠다.

"가에데…… 씨……."

마모리는 멍하니 멈춰 서 있었다.

'계속 이 병실에 있었던 걸까? 그럼 내가 만난 가에데 씨는?'

문득 시선 끝으로 침대와 벽 사이에 놓인 선반이 보였다. 선반 위에는 인형 세 개가 올망졸망 모여 앉아 있었다.

"수플레, 타르트, 보네!"

마모리가 이름을 불러봤지만 인형들은 아무런 대답도 하지 않았다. 그래, 그냥 인형일 테니까.

"인형들 이름을 어떻게 알았어요? 제가 만든 인형인데, 아무한테도 이름을 말한 적이 없는데?"

"고즈에가 만들었다고?"

고즈에는 가에데와 꼭 닮은 눈망울을 반짝거리며 마모리를 바라봤다. 마모리 또한 고즈에의 눈을 지그시 응시했다.

"어제부터 물어보고 싶었어요. 도대체 오빠랑 무슨 사이예요?"

"그건……."

"숨기지 말고 대답해 주세요."

"마법 같은 이야기라서 도저히 믿기지 않겠지만……."

침대 옆에 놓인 의자에 나란히 앉아 마모리는 푹 자요 카페에 처음 간 날부터 얘기를 시작했다. 카페에서 가에데는 마스터로 즐겁게 일하고 있었고 수플레와 인형들도 살아 움직이며 손님을 맞이했다고, 특히 잠 못 자는 손님들이 그 카페로 흘러들어 왔다고, 카페에서 있었던 일들을 하나씩 풀어놓았다.

말로 표현하고 보니 새삼 모든 일이 참 얼토당토않았다. 긴 얘기를 끝까지 듣고 난 고즈에가 고개를 푹 숙였다.

'그래, 믿을 수 없겠지. 날 이상한 사람이라고 생각하겠지. 막 화를 내면 어떡하지?'

마모리는 마음 졸이며 고즈에의 반응을 기다렸다.

"혹시 마법의 주문 때문일까요?"

잠시 생각에 잠겨 있던 고즈에가 조심스럽게 입을 뗐다.

"이상한 일이 자꾸 일어나긴 했어요. 수플레의 귀에 갑자기 리본이 달려 있기도 하고, 보네 실밥이 풀려 있어서 나중에 꿰매줘야지 했는데 어느 순간 보니 멀쩡하고. 그 사람이 병문안을 와서 해놓고 갔나 했는데…….”

“고, 고즈에?”

혼잣말하듯이 중얼거리며 머릿속에서 상황을 정리하던 고즈에가 고개를 들어 이불 위에 놓인 오빠의 손끝을 만졌다. 오빠를 향한 정이 담뿍 담긴 살가운 손길이었다. 오빠의 손 위에 한 손을 겹쳐놓은 채로 고즈에가 마모리를 바라봤다.

“믿어요, 마모리 씨가 한 말. 오빠는 의식이 없는 동안 신기한 마법의 주문 덕분에 바라던 꿈을 이루었나 봐요.”

“가에데 씨의 꿈? 마법의 주문이라고?”

“우리 남매 얘기부터 할게요. 오빠가 이렇게 된 건 다 저 때문이에요.”

고즈에의 얼굴이 고통스럽다는 듯 일그러졌다. 긴장으로 굳은 팔로 마모리는 무릎에 놓인 종이 가방을 꽉 움켜잡았다.

가까스로 감정을 추스른 고즈에가 천천히 말을 꺼냈다.

가에데가 열세 살, 고즈에가 여섯 살 때 두 사람은 교통사고로 엄마를 잃었다. 그 뒤로 아빠 혼자서 아이들을 키웠는데 아빠는 초등학교 교사라 무척 바빴다. 교육 현장에선 인력 부족으로 고충을 호소하는 목소리가 오래도록 이어졌고, 교사인 아빠는 제 자식들보다 학교 학생들과 더 많은 시간을 보냈다. 하지만 막 중학교에 올라간 가에데와 초등학생이 된 고즈에는 아직 부모의 돌봄이 필요한 시기였다. 특히 나이도 어리고 어리광도 심했던 고즈에는 돌아가신 엄마와 집에 없는 아빠를 애타게 그리워했다.

그런 고즈에를 오빠인 가에데가 아빠 대신 돌봤다. 맹하고 허술한 구석이 있는 가에데였지만 나이 차이가 많이 나는 여동생에게는 한없이 다정했다. 고즈에는 오빠를 잘 따랐고 자랑스러워했다.

그리고 또 한 명, 고즈에와 가에데가 그리워하는 사람이 있었다. 외할머니인 와카바 할머니였다. 와카바 할머니는 남매의 집 근처에 작은 집을 마련해 혼자 살았다. 멋있고 신나게 노후를 즐기는 우아한 노부인이었다. 해외여행이 취미여서 여행하면서 모은 이국적인 그릇과 책들이 집에 넘쳐났다.

'카페를 연 건물은 와카바 할머니 댁이었고 그릇들도 전부 와카바 할머니가 모은 거였구나.'

문득 다쓰가 했던 말이 떠올라 마모리의 머릿속에서 퍼즐 조각들이 하나둘 맞춰지면서 모든 상황이 이해가 됐다.

남매는 와카바 할머니 댁에 종종 맡겨졌고 할머니와 함께 신나게 놀았다. 크고 나서도 할머니 댁을 자주 찾았다. 고즈에의 바느질 솜씨도 가에데의 요리 솜씨도 손재주가 좋은 와카바 할머니에게서 배운 것이었다.

"저는 요리를 못하고 오빠는 바느질에 영 소질이 없지만요."

마모리도 그럴 거라고 추측했다. 향주머니도, 드림캐처도 고즈에 작품으로 원래는 카페에 온 손님에게 나눠줄 요량으로 만든 것이었다.

"할머니는 저희 남매에게 많은 걸 가르쳐주셨어요."

"정말 소중한 분이었구나."

"네."

할머니가 그리운지 고즈에의 눈시울이 붉어졌다.

선반 바로 옆, 조금 열린 창문 틈으로 들어온 바람에 고즈에의 갈색 머리가 하늘하늘 날렸다. 금방이라도 비가 쏟아질 듯해서 마모리는 일어나 창문을 닫았다. 비가 들이닥치면 인형들이 젖을 것 같았다. 고즈에는 고맙다고 말하고는 말을 이었다.

"처음에는 할머니가 그 집을 카페로 만들어 밤에만 열고 싶다고 했어요."

할머니도 나이가 들면서 수면 리듬이 무너져 밤에 잠을 못 자는 날이 많았다. 낮에는 오픈 준비를 하고 저녁부터 자정까지 카페를 운영하면서 사람들과 교류하고 적당히 일도 하고 나면 푹 잘 수 있을 것 같다고 말했다. 할머니는 늘그막에 느긋하게 카페를 운영하고 싶다는 꿈을 오랫동안 은밀히 품어왔다.

"하지만 할머니는 카페를 열어보지도 못하고 갑자기 돌아가셨어요. 심부전으로 쓰러지셨는데 구급차를 불러서 병원으로 갔지만 그대로 그만……."

가에데가 열일곱 살, 고즈에가 열 살 때의 일이었다.

거의 비슷한 시기에 아빠가 재혼했다. 직장에서 만난 동료 교사로 아빠보다 훨씬 젊은 여성이 남매의 새엄마가 됐다. 의젓한 가에데는 순순히 받아들였지만 고즈에는 새엄마의 존재를 완강히 거부했다. 안 그래도 존경하고 사랑하던 할머니가 돌아가셔서 슬픈데 할머니와 바꿔치기하듯이 가족이 된 새엄마를 도저히 받아들일 수 없었다. 고즈에에게 가족은 아빠와 오빠뿐이었다. 영원히 그래야만 했다.

"애 같죠? 반항이나 하고."

"아니, 충분히 그럴 수 있어."

"알아요, 제가 철딱서니 없다는 거. 그래도 새엄마가 너무 싫었어요. 새엄마 이름이 사토미거든요. 전 계속 사토미 씨를 피해 다녔어요."

괴로워하는 고즈에를 보면서도 마모리는 아무 말도 해줄 수 없었다. 마모리의 부모님은 두 분 다 건재하시고 마모리와도 사이가 좋다. 복잡한 가정환경에서 자란 고즈에에게 어설픈 위로는 오히려 독이 될 터였다.

"사토미 씨는 정말 좋은 분이에요. 저랑 친해지고 싶어 한다는 것도 잘 알고요. 하지만 마음이 내키지 않아요. 제가 이러니까 오빠랑 아빠도 일부러 저에겐 아무 말도 하지 않고요."

조금 전에 고즈에가 혼잣말하듯이 중얼거렸던 '그 사람'은 아무래도 사토미를 가리킨 모양이다.

그렇게 시간이 흘러 가에데는 성인이 됐고 고즈에는 고등학생이 됐다. 가에데는 4년제 대학 경제학부를 졸업한 뒤 학창 시절에 창업한 친구 밑에서 2년 정도 일을 배우는 한편, 카페를 열기 위한 준비를 착착 해나갔다. 할머니가 이루지 못한 꿈을 이뤄드리고 싶다며 할머니가 돌아가신 뒤로도 카페를 열 날만을 손꼽아 기다렸다. 빈집이 된 할머니의 집을 카페로 개조할 계획이었고 할머니가 남긴 유산이 있어서 준비는 순조롭게 진행되었다.

'그게 바로 푹 자요 카페였구나.'

가게 이름을 지은 사람이 할머니였음을 마모리는 이제 알게 되었다. 가에데의 숨겨진 배경에도 그저 놀랄 따름이었다.

한편 고즈에는 새엄마 사토미와 같이 살고 싶지 않아 기숙사가 있는 고등학교로 진학했다. 오빠의 카페 개업에 맞춰서 오빠를 도우면서도 본가와는 계속 거리를 두고 지냈다.

할머니 집을 리모델링하기에 앞서 1층의 가재도구를 꺼내고 집 외벽의 낙서를 페인트로 칠하기로 했다. 주변의 무성한 풀을 가에데가 혼자 정리한다고 해서 고즈에도 도우려고 작업복을 갖춰 입는 등 만반의 준비를 하고 할머니 집으로 갔다.

비극은 거기서 시작됐다.

"오빠랑 같이 잡초를 뽑으려고 할머니 집에 갔을 때였어요. 고등학교를 졸업하면 뭘 할지 이런저런 얘기를 나누다가 그만 오빠랑 싸우고 말았어요."

고즈에가 괴로운 표정으로 시선을 앞쪽 유리창으로 던졌다. 유리창에는 빗방울이 점점이 맺히고 있었다. 창문을 미리 닫아서 다행이었다.

할머니의 집, 그러니까 푹 자요 카페 2층에서 고즈에와 가에데는 말다툼을 벌였다. 1층만 리모델링할 예정이어서 제초 작업을 하기 전에 남매는 2층에서 차를 마셨다. 고즈에는 할머니의 영향을 받아서인지 고등학교를 졸업하면 해외로 나가고 싶었다. 구체적으로 계획을 세운 건 아니었지만 가능하면 유학도 가고 싶었다.

이런저런 잡담을 하다가 고즈에가 유학 얘기를 꺼내자 가에데는 진로는 중요한 부분이니까 아빠, 엄마와도 의논해야 한다고, 유학을 가고 싶다면 미리 얘기하는 게 좋겠다고 고즈에에게 진지하게 당부했다.

이 말을 듣자마자 고즈에는 버럭 화를 냈다. 사토미를 엄마라고 친근하게 부르는 오빠의 태도가 새엄마를 고깝게 여기던 고즈에의 반항심에 불을 붙이고 말았다. 고즈에는 그 사람한테는 절대 말 안 할 거라며 차갑게 대꾸했고 평소 같으면 부드럽게 다독이며 여동생을 보듬어주었을 가에데도 더는 참을 수 없었는지 격하게 반응했다. 그 바람에 태어나서 처음으로 남매는 크게 싸웠다.

"이제 억지 좀 그만 부리고 엄마를 받아들여."

가에데가 한 말이 결정타가 되어 고즈에의 감정이 폭발했다.

"됐어, 이제 오빠랑도 끝이야!"

고즈에는 어린애처럼 소리를 지르며 계단을 뛰어 내려갔다. 하지만 만신창이가 된 기분으로 정신없이 뛰다가 그만 발을 헛디디고 말았다. 몸이 붕 떴다고 느낀 순간 바로 바닥으로 굴러떨어졌다. 온몸에 통증이 몰려올 줄 알았는데 정신을 차려 보니 고즈에 밑에 가에데가 깔려 있었다.

"세상에."

마모리는 떨리는 손으로 입을 막았다.

"쫓아오던 오빠가 저를 지키려고 순간적으로 몸을 날렸던 거예요. 오빠는 머리를 잘못 부딪치는 바람에 중환자실로 들어갔고 결국 이렇게 되고 말았어요."

고즈에는 손에 살짝 힘을 주어 가에데의 손을 꼭 쥐었다. 갈색 눈동자에 눈물이 그렁그렁했다. 창문을 두드리는 빗소리가 점점 거세졌다. 이대로 밤새도록 내리려는 모양이었다.

꿈쩍도 않는 오빠를 보면서 공포심에 바들바들 몸을 떨었을 고즈에의 모습이 마모리는 머릿속에 생생히 그려졌다.

'가에데 씨가 2층에 갈 수 없는 이유, 계단 가까이조차 못 가는 이유가 있었구나.'

분명 이 사고 때문일 거라고 마모리는 짐작했다. 푹 자요 카페가 생겨나면서 가에데가 꾸는 꿈은 현실이 되었다. 가에데는 그런 현실 속에서도 사고의 원인을 무의식적으로 피하고 있었던 것이다.

"사고가 난 지 이제 거의 한 달이 다 되어가요. 외상은 가벼운 편이고 뇌 기능에도 문제는 없대요. 의식만 돌아오면 되는데, 뭔가 계기가 있으면 눈을 뜰지도 모른다고 했어요."

"계기라……."

“의사 선생님이나 간호사 선생님 말로는 지난 며칠 사이 앓는 소리를 내기도 하고 손가락을 움직이기도 했다는데, 그런데…….”

카페를 리모델링하는 일은 당연히 중단되었다. 고즈에 말고도 아빠, 새엄마, 친구들이 번갈아 가에데를 찾아왔지만 잠든 듯 누워 있는 가에데는 이름을 불러도 아무런 반응이 없었다. 의식은 계속 꿈속이었다.

고즈에의 눈에 그렁그렁 맺혀 있던 눈물이 결국 쏟아졌다.

“전부 다 저 때문이에요. 제가 오빠를 이렇게 만들었어요.”

“고즈에.”

흐느끼며 우는 고즈에의 등을 마모리는 꼭 끌어안아 토닥였다. 그 손길은 아주 먼 옛날 마모리의 엄마가 우는 딸을 달래던 손길과 닮아 있었다. 병실은 울음소리로 가득 찼고 인형들은 마모리와 고즈에를 아무런 말 없이 지켜봐 주었다.

“죄송해요. 눈물이…….”

“차라도 마실까? 따뜻한 걸 마시면 기분이 나아질 거야.”

“네.”

고즈에의 울음이 잦아드는 것 같아 마모리는 작은 냉장고 위에 놓인 커피포트를 꺼냈다. 마침 보리차 티백과 종이컵이 있어서 물을 끓여 차를 내왔다. 눈이 빨갛게 충혈된 고즈에게 종이컵을 건넸다. 따뜻한 차 한잔이 마음을 차분히 가라앉혀 준다는 걸 마모리는 카페 마스터 가에데에게 배워서 알고 있었다. 고즈에는 눈가를 쓱쓱 닦고는 종이컵을 받았다.

"고맙습니다."

"어머? 눈 밑에 다크서클이 엄청 심한데?"

"이런. 들키고 말았네요."

눈물에도 지워지지 않는다는 컨실러로 가려놓았던 다크서클이 눈가를 비비는 바람에 또렷이 드러났다. 전철에서 만났던 다도코로보다도 눈 밑이 짙어 보였다. 후후 입김을 불어 보리차를 식히며 고즈에가 멋쩍게 웃었다.

"한 달 동안 잠을 계속 설쳤어요. 눈을 감으면 축 늘어진 오빠의 모습이 떠올라 잠이 오지 않더라고요. 친구들이 걱정할까 봐 학교에서도 컨실러를 발라서 숨겼어요. 아무렇지 않은 척하려고 꼭꼭 숨기고 다녔는데 들키고 말았네요."

고즈에의 긴 속눈썹이 착 내려앉았다. 눈 밑에 그늘이 생기자 다크서클이 더 짙어졌다. 보리차를 한 모금 마시고 나서 고즈에는 선반 쪽으로 걸어갔다.

"저 인형들, 수플레랑 타르트는 오빠가 카페를 열면 선물로 주려고 몰래 만든 거였어요."

"보네는…… 나중에 만들었고?"

"네. 오빠가 깨어나지 않아서 '달밤의 주문'을 걸려고 만들었어요."

다쓰가 말했던 바로 그 마법의 주문인 듯했다. 손수 만든 인형을 달빛에 비추면서 빌면 소원이 이루어진다는 주문이었다. 그걸 다쓰에게 알려준 사람이 고즈에였다.

"할머니 집 2층에 그런 책이 있어요. 마법, 정령 같은 게 나오는 책이요."

"나도 본 것 같아, 그 책."

마모리가 무심코 바닥에 떨어뜨렸던 책을 말하는 것 같았다. 그 책만 책장에서 살짝 삐져나와 있던 건 고즈에가 읽었던 흔적일지도 모르겠다.

"하지만 그 책은 북유럽 쪽 언어로 쓰여 있던데? 어떻게 읽었어?"

"할머니가 가르쳐주셔서 조금 알아요."

"와, 대단하다."

얼굴도 예쁜 데다가 바느질 솜씨도 뛰어나고 다양한 언어까지 습득했다니, 장래가 유망한 너무나도 멋진 소녀였다.

"할아버지한테 알려드린 건 기본적인 주문이에요. 책에는 마법의 효력을 높이는 방법도 많이 나와 있어요. 추억이 담긴 옷으로 인형을 만든다든지, 이름을 짓고 달빛에 비추면서 그 이름을 세 번 부른다든지. 저는 다 해봤어요."

수플레는 어린 시절의 고즈에를, 타르트는 가에데를, 보네는 와카바 할머니를 이미지 모델로 삼아 만들었다고 했다. 가에데의 디저트 레시피를 보고 수플레, 타르트 같은 디저트 메뉴를 인형 이름으로 붙였다.

"마법의 주문은 수플레와 타르트에게도 걸었어요. 수플레에게는 '카페가 잘되기를', 타르트에게는 '잠 못 드는 손님의 휴식 같은 공간이 되기를' 하고요."

"카페를 떠올리며 만들었구나. 그 공간은 마법의 주문으로 실현된 곳이네. 그럼 보네는?"

"오빠가 빨리 깨어나기를 바라는 마음으로요."

보네에게는 잠든 오빠에게 아침이 오기를 바라는 고즈에의 간절한 바람이 담겨 있었다. 그렇다면 보네에게 걸어놓은 소원만 아직 이루어지지 않은 셈이었다.

'아니지, 카페도 앞으로 현실에서 실제로 열어야겠지.'

종이처럼 하얗고 생기 하나 없는 조각상 같은 가에데의 얼굴을 물끄러미 바라보며 마모리는 어떻게 하면 가에데가 눈을 뜰 계기를 마련할 수 있을까 고민하고 또 고민했다.

고즈에가 텅 빈 종이컵을 들고 일어섰다.

"이야기가 길어졌네요. 병원 면회 시간이 정해져 있어서 이제 슬슬 나가야 할 것 같아요."

"그래? 아 참, 이거."

"우와! 쿠키랑 하바리움?"

마모리가 고즈에에게 종이 가방을 건넸다. 고즈에는 받자마자 바로 열어보고는 함박웃음을 지었다. 쿠키는 제쳐두고 세 가지 색깔의 꽃이 든 유리병을 꺼냈다. 마모리는 하바리움을 고른 이유를 고즈에에게 알려줬다.

"자줏빛 꽃은 박태기나무 꽃인데 꽃말이 '잠에서 깨어나다'

래. 고즈에가 보네에게 건 소원이랑 똑같아.”

“아…….”

고즈에의 눈가에 애써 삼켰던 눈물이 다시 차올랐다. 눈물을 숨기기라도 하듯 고즈에는 종이 가방과 하바리움을 끌어안고는 인형이 놓인 선반으로 다가갔다.

“오빠가 깨어났을 때 인형이랑 같이 제일 먼저 볼 수 있게 여기다 둘게요.”

고즈에가 하바리움을 타르트 앞에 툭 내려놓았을 때였다.

가에데의 눈꺼풀이 파르르 떨리더니 이윽고 입에서 “고……에……” 하고 뭔지 모를 소리가 흘러나왔다.

“오빠, 오빠!”

고즈에는 몸을 부들부들 떨면서 가에데의 얼굴을 뚫어져라 쳐다봤다. 마모리도 깜짝 놀라 침대로 다가갔다.

“오빠, 오빠!”

“가에데 씨, 정신이 드세요? 목소리 들려요?”

의식이 없더라도 청각 기능은 살아 있다는 얘기를 어디선가 들었다. 고즈에와 마모리가 이름을 열심히 불러대자 가에데가 띄엄띄엄 입을 뗐다.

“고, 즈에…… 괜…… 아?”

고즈에, 괜찮아?

여동생의 안부를 묻는 말이었다. 가에데의 의식은 추락 사고가 나던 날에 머물러 있었다. 고즈에가 계단에서 굴러떨어지던 순간에 갇혀 있었다.

"다친 건 오빤데…… 왜 또 내 걱정이야!"

마모리는 또 울음이 터진 고즈에를 나무랄 수 없었다.

가에데는 더 이상 아무 말도 하지 않았고 다시 잠이 들었다. 그 순간 마모리는 '깨어날 계기'는 이것밖에 없다는 확신이 들었다.

"고즈에, 오늘 밤에 나랑 같이 푹 자요 카페에 가자."

"푹 자요 카페요?"

"꿈속을 방황하는 가에데 씨가 가장 기다리는 손님은 아마도 고즈에일 거야. 고즈에가 찾아가면 가에데 씨가 꿈에서 깨어날지도 몰라."

침대를 사이에 두고 마모리는 고즈에를 바라보며 진지한 어조로 말했다. 마모리뿐만 아니라 잠을 못 자 고생하는 손님들이 하나둘 푹 자요 카페에 흘러들어 왔다. 아마도 마지막 손님은 고즈에일 것이다.

마모리의 갑작스런 제안을 들은 고즈에는 뺨을 타고 흐르는 눈물을 훔치며 잠시 아무 말 없이 서 있었다. 하지만 곧 마음을 굳힌 듯 갈게요, 하고 고개를 끄덕였다.

"저도 오빠랑 얘기하고 싶어요. 같이 가요, 카페."

C

고즈에는 학생 기숙사에 살아서 밤에 외출하려면 미리 허가를 받아야 했다. 밤 10시까지는 야간 외출이 허용되었지만 오늘 밤은 카페에 얼마나 머물게 될지 몰라서 기숙사로 돌아가 외박 신청서를 내기로 했다. 본가에 가는 건 여전히 내키지 않는지 고즈에는 카페에서 나온 뒤엔 마모리의 집에서 하룻밤 신세를 지게 해달라고 부탁했다.

마모리와 고즈에는 병원에서 일단 헤어진 뒤 밤 9시에 마모리가 기숙사로 고즈에를 마중 나갔다. 약속 시간에 맞춰 마모리가 기숙사 문 앞에서 기다리고 있자니 마모리가 사는 빌라보다 훨씬 멋진 건물에서 고즈에가 우산을 쓰고 달려왔다.

"많이 기다렸어요?"

고즈에는 눈 밑 다크서클을 컨실러로 다시 가리고 옷도 작년 생일에 오빠를 졸라서 산 에이라인 데님원피스로 갈아입었다.

"이제 가볼까?"

"네!"

"원래는 고즈에가 더 자주 갔던 곳인데, 그치?"

잔뜩 긴장한 고즈에의 모습이 안쓰러워 마모리는 긴장을 풀어주려고 사근사근한 목소리로 말을 건네며 방긋 웃어 보였다.

둘은 버스를 타고 이동했다. 병원에 있을 때보다 빗줄기가 가늘어졌지만 비는 멈추지 않고 계속해서 부슬부슬 내렸다.

둘이서 나란히 우산을 쓰고 도착한 푹 자요 카페 앞에 고즈에
는 우뚝 멈춰 섰다.

"진짜 카페네."

가에데는 자신이 만들고픈 카페를 고즈에에게 조곤조곤 들
려주곤 했다.

"창문으로 보이는 왕관 모양 조명은 인터넷에서 보고 마음
에 들어서 주문하려고 했던 거예요. 간판도 제가 만들기로 해
서 종이에 그린 밑그림을 오빠한테 보여준 적이 있거든요."

"이 카페는 가에데 씨의 구상이 그대로 실현된 곳이구나."

비 때문에 카페의 모습이 흐릿하게 보여서일까, 왠지 환상
속 세계로 걸어 들어온 기분이었다. 이곳은 달밤의 주문으로
생겨난 환상의 공간이니 어찌 보면 당연했다.

"각오는 됐어?"

"네, 오빠랑 얘기할 수만 있다면요."

우산을 접고 마모리는 비를 피해 색이 바랜 빨간 문의 손잡
이를 밀었다. 딸랑딸랑 종소리와 함께 "어서 오세요" 하고 다
정한 목소리가 둘을 반겼다. 앞치마 차림의 가에데가 기다렸
다는 듯이 두 사람을 맞아주었다.

"왠지 마모리 씨랑 같이 올 것 같았어. 이렇게 얘기하는 건
오랜만이네, 고즈에."

"오빠…… 어떻게 이런 일이……?"

마모리도 깜짝 놀랐다.

가에데는 이미 모든 일을 기억해 냈다.

"현실의 나는 지금 병원에 있겠지. 띄엄띄엄 기억이 났어. 깜깜한 어둠 속에서 헤매기도 했고 계단에서 떨어진 순간이 떠오르기도 했고 어릴 적 기억도 났고. 그런데 밤이 되면 전부 잊고 이곳에서 카페 마스터로 일했어. 이 애들이랑 같이."

가에데의 발치에서 타르트와 수플레가 얼굴을 빼꼼 내밀었다. 인형들은 병실에 있을 때와는 달리 쾌활하게 움직이며 고즈에 앞까지 다가왔다.

"기다리고 있었어요. 우리들의 또 한 분의 마스터!"

"왜 이렇게 늦게 왔어요?"

"세, 세, 세상에!"

또 한 분의 마스터, 그러니까 고즈에는 눈앞에서 자기가 만든 인형들이 살아 움직이는 걸 보고 화들짝 놀랐다. 마모리에게 미리 들어서 알고는 있었지만 실제로 보니 도무지 믿기지 않는 모양이었다.

"타르트와 수플레는 목소리가 이렇구나!"

"원하신다면 노래도 불러드릴 수 있어요!"

"춤도 출 수 있고요."

이전처럼 카페 안에는 〈트로이메라이〉가 흐르고 있었다. 음악을 들으며 타르트는 노래를 흥얼거렸고 수플레는 앞치마를 휘날리며 빙글빙글 춤을 췄다.

"자리로 안내부터 해야지!"

"보네도 있었네!"

휠휠 날아 등장한 보네가 흥분 상태인 고즈에의 등을 온몸으로 밀었다. 타르트와 수플레가 우산을 받더니 뮤지컬 공연이라도 펼치듯이 음악에 맞춰 춤추며 가져갔다. 고즈에는 카운터 자리 한가운데에 앉았고 마모리는 가까운 테이블 자리에 혼자 앉았다.

'오늘 밤은 남매끼리 할 말이 많을 테니 난 여기서 가만히 지켜봐야겠다.'

모든 걸 기억해 냈는데도 가에데가 아직 깨나지 못하는 이유가 분명 있을 거라고 마모리는 짐작했다. 아직 현실로 돌아가고 싶지 않은 이유가 있는 듯했다. 그 이유란 십중팔구 굴러떨어지기 직전에 벌인 남매간의 싸움일 터였다.

'브라더 콤플렉스? 시스터 콤플렉스? 그런 거겠지?'

마모리는 어깨를 잔뜩 웅크린 채 초조한 마음으로, 안절부절못하는 고즈에의 옆얼굴을 쳐다봤다. 고즈에, 힘내, 하고 마음속으로 응원을 보냈다. 그때 카운터 안쪽 문으로 사라졌던 가에데가 곧바로 쟁반을 들고 돌아왔다.

"오늘 밤 '잘 자요 세트'는 특별 구성입니다. 미니 디저트 세 종류와 루이보스 차예요. 드셔보세요."

오빠가 아닌 마스터의 얼굴로 돌아간 가에데는 고즈에 앞에 유리로 된 둥근 접시와 나뭇가지가 그려진 찻잔을 내려놓았다. 마모리 앞에도 타르트가 똑같은 것을 가져다주었다.

둥근 접시에 놓인 디저트 세 종류는 '미니'라는 이름에 걸맞게 한입에 쏙 들어가는 크기였다. 마모리에게도 들리도록 가에데가 하나씩 손으로 가리키면서 설명을 덧붙였다.

"둥글게 부풀어 오른 황금색 디저트는 식사 대용으로도 먹을 수 있는 쌀가루 수플레 케이크입니다. 쌀가루에는 필수아미노산이 골고루 들어 있어서 소화가 잘되고, 위에 부담이 적으니 취침 전에 먹어도 좋아요."

"갓 구어 폭신폭신 부풀어 올랐을 때 빨리 드시는 걸 추천해요!"

"삼각형으로 자른 바나나 타르트는 구운 뒤 바로 뿌린 메이플 시럽이 별미예요. 바나나의 효능은 마모리 씨도 잘 알고 계실 테고요."

"달고 맛있어요!"

"짙은 갈색의 코코아 푸딩은 이탈리아 디저트인 '보네Bonet' 인데, 일본에선 보기 힘든 디저트예요."

"이탈리아의 전통 푸딩이에요!"

가에데가 디저트를 하나하나 설명할 때마다 인형들은 팔짝팔짝 뛰고 날개를 펄럭이면서 신이 나서 끼어들었다. 자신들의 이름의 유래가 된 디저트여서 더 흥분되는 모양이었다.

보네는 이탈리아 피에몬테 지역에서 전해 내려오는 푸딩인데 아마레티라는 머랭 쿠키를 섞어 만든다는 점이 독특했다. 바삭바삭하면서도 부드러운 머랭 쿠키와 탱글탱글한 푸딩의

식감을 동시에 맛볼 수 있는 매력적인 디저트였다.

오늘 밤 가에데가 직접 만든 보네에는 아마레티 대신에 아몬드 비스킷을 으깨어 넣었다. 아몬드가 숙면에 좋다는 사실은 지난번에 들어서 마모리도 이미 알고 있었다.

"잘 먹겠습니다."

고즈에는 수플레가 추천해준 대로 수플레 케이크를 먼저 스푼으로 떴다. 입안에서 살살 녹아 사라질 정도로 촉촉했는데, 끝에 남는 은은한 단맛에 입꼬리가 저절로 쓱 올라갔다. 먼저 바나나 타르트를 자른 마모리도 농밀한 바나나 맛에 흠뻑 빠졌다. 타르트지가 단단하고 바삭해서 메이플 시럽이 한층 도드라졌다. 가에데가 만든 보네는 탱글탱글한 푸딩의 탄력과 아몬드의 바삭한 식감의 조화가 독특한 맛을 자아내 마모리와 고즈에 모두 맛있다며 입을 모아 탄성을 질렀다.

"전부 오빠가 만들어주던 디저트네."

하나하나 맛을 음미하는 고즈에의 입가에 환한 웃음이 번졌다. 고즈에만이 아는, 오빠가 내는 특유의 맛이 있는 듯했다. 기쁨에 차서 아껴가며 천천히 맛을 음미하는 고즈에에게 가에데가 딱 알맞게 데운 차를 권했다.

"디저트 먹을 때 루이보스 차를 마시면 입안이 개운해요. 카페인이 없어서 자기 전에 마시기 좋은 차랍니다."

"밤에 시험공부 하고 있으면 오빠가 자주 타주곤 했는데."

"네가 잠을 제대로 못 자는 것 같아서."

평소처럼 느긋한 미소를 띠며 가에데가 말했다. 오빠는 여동생이 잠을 잘 못 잔다는 사실도 알고 있었다.

고즈에는 루이보스 차를 절반 정도 마시고는 휴, 하고 한숨을 내쉬더니 잔을 내려놓고 자세를 고쳐 앉았다. 그러고는 카운터 너머에 선 오빠의 얼굴을 뚫어져라 쳐다봤다.

"오빠, 나 오빠한테 사과해야 할 게 많아."

긴장으로 딱딱해진 목소리에 마모리도 허리를 바짝 세웠다. 고즈에가 무릎 위에 놓은 양손을 꽉 쥐었다.

"오빠랑은 끝이라고, 그런 심한 말을 했는데도 오빠는 자기 몸을 던지면서 날 지켜줬잖아. 옛날부터 늘 그랬어. 난 오빠를 힘들게만 하고 귀찮게 하고……."

"그런 말 마, 고즈에."

"그래도!"

"나한테만 떼쓰고 어리광 부리는 것만 어떻게 좀 고쳐주면 안 될까?"

가에데가 농담을 던지며 웃는 바람에 고즈에는 휴, 하고 작게 숨을 토했다. 오빠 말고는 고즈에가 어리광 부릴 곳이 없다는 사실을 가에데도 잘 알기에 진심으로 고치라고 화를 내지는 않았다. 오빠의 농담이 소소한 보복이라는 건 마모리도 알았다.

"고즈에는 옛날부터 천방지축 제멋대로였잖아. 수플레랑 어찌나 똑같은지. 어릴 적 고즈에를 보는 것 같다니까."

"오빠도 덜렁거리고 어리바리한 건 여전하잖아! 마스터가 어수룩한 구석이 있다고 마모리 씨가 다 알려줬거든!"

"헉."

오빠 말을 듣기만 하던 고즈에가 반격에 나섰다. 이번에는 가에데가 허를 찔린 얼굴이었다.

마모리는 여기 오기 전에 고즈에가 하도 꼬치꼬치 캐물어서 가에데가 카페에서 어떤 모습으로 일하는지 자세하게 알려줬다. 남매가 아웅다웅 말다툼을 벌이는 모습을 마모리는 말리지도 않고 멀찍이서 지켜봤다.

"정말 너무하네. 또 한 분의 마스터는 그렇다 치고, 난 제멋대로 군 적 없거든!"

"수플레에 대한 평가는 다 맞는 말이잖아?"

"뭐라고? 어리바리 타르트는 가만히 좀 있지!"

"봐봐, 지금 말하는 것 좀 봐."

"자, 자, 진정해 다들!"

바닥에서는 수플레와 타르트가 각각 가에데와 고즈에를 편들면서 투닥투닥 서로를 때리며 한바탕 소란을 벌였다. 보네만 공중에서 느긋이 싸움을 구경했다.

'왠지 어린 시절 고즈에, 가에데 씨, 와카바 할머니 셋이 모여 있으면 이런 모습이었을 것 같아.'

마모리는 흐뭇한 얼굴로 건강한 맛의 루이보스 차를 마셨다. 문득 졸음이 몰려오며 하품이 나왔다. 인형들의 싸움을 수습한 가에데가 자세를 바로잡으며 고즈에, 하고 여동생의 이름을 불렀다.

"모든 게 기억나고 나서 내 나름대로 현실의 나는 왜 아직 깨어나지 못할까 고민해 봤어. 아마도 고즈에에게 사과하는 게 두려워서 그런 것 같아."

"왜, 왜 오빠가 사과를 해? 오빠가 그렇게 된 건 전부 나 때문인데."

"진로라든지, 엄마…… 사토미 씨 얘기라든지, 내가 너무 몰아세웠지? 고즈에는 그냥 얘기가 하고 싶었을 뿐인데 내가 쓸데없이 잔소리를 늘어놓는 바람에. 정말로 나를 미워하나 싶어서 불안하더라고. 나 참 한심하지?"

가에데는 눈썹을 찌푸리며 쓸쓸한 미소를 지었다. 고즈에가 참지 못하고 벌떡 일어나는 바람에 나무 포크가 툭 하고 바닥에 떨어지자 타르트가 재빨리 달려가 주웠다.

"미, 미워하다니 말도 안 돼! 그땐 화가 나서 어쩌다 그런 말이 나왔을 뿐이야."

"그래, 고즈에는 아까 미안하다고 사과했으니까 됐어."

"사토미 씨도…….”

금방이라도 눈물이 쏟아질 듯했지만 고즈에는 이를 앙다물며 참았다. 가에데 앞에서는 울지 않겠다고 마음먹었기 때문이리라.

"오빠가 깨어나지 않아서, 사토미 씨랑 얘기할 기회가 몇 번 있었어. 사토미 씨는 정말 진심으로 오빠가 깨어나길 기다리고 있어. 아직 엄마라고 부를 자신은 없지만 나도 이제 새엄마를 받아들여야 한다는 거 알아.”

“고즈에…….”

“그러니까 돌아와 줘, 오빠. 더 이상 꿈속에 있지 말고 현실에서 진짜 카페를 열어줘.”

고즈에의 말이 마지막 신호였을까. 가에데의 몸이 서서히 투명해지는 걸 보고 마모리는 놀라서 잔을 내려놓고 벌떡 일어섰다. 고즈에는 너무 놀라 “으악!” 하고 소리를 질렀지만 마모리는 가에데가 깨어날 조짐이라는 걸 알아차렸다. 어느새 조용해진 인형들의 몸도 점점 희미해졌다.

“이런, 우리가 할 일은 이제 다 끝났나 봐.”

“아쉽지만 그동안 즐거웠어요!”

“일단 폐점!”

마모리는 작별 인사를 고하는 인형들 앞에 쪼그려 앉았다. 보네도 살살 내려왔다. 가에데가 깨어나면 수플레, 타르트, 보네는 그냥 평범한 인형으로 돌아간다. 두 번 다시 이렇게 이야기를 나눌 수는 없을 것이다.

“모두들 고마워. 잠 못 자는 밤을 보내다 이 카페에 왔는데 너희들 덕분에 잠도 잘 자게 됐고 그동안 정말 즐거웠어.”

아쉬움이 가득 담긴 손길로 마모리는 수플레의 부드러운 머리를 쓰다듬었다. 몸이 거의 투명해진 수플레가 기분이 좋은 듯 토끼 귀를 팔랑거렸다. 타르트도 보네도 마모리의 품에 폭 안겼다.

"저도 마모리 씨가 단골이 되어서 기뻤어요. 우리 풋내기 마스터, 앞으로도 잘 부탁드려요."

"푹 자요 카페, 계속 찾아와 주세요!"

"늘 같이 있을게요."

수플레, 타르트, 보네는 빛의 입자로 변하더니 흔적도 없이 사라졌다.

"괜찮아, 곧 만날 테니까."

어리둥절한 고즈에를 향해 가에데가 생긋 웃으며 말했다. 곧 사라지는가 싶던 가에데가 마모리를 보며 머뭇머뭇 입을 뗐다.

"저…… 깨어나면 마모리 씨랑 하고 싶은 게 있어요."

"뭔데요? 제가 할 수 있는 일이라면 뭐든 할게요."

"카페 말고 다른 곳에서 마모리 씨랑 만나고 싶어요."

"네?"

마모리의 목소리가 갈라졌다.

이건 뭐지, 데이트 신청인가.

가에데는 마모리에게 정말 마음이 있는 걸까.

"아, 하지만 그 전에 현실에서도 카페를 열 테니까! 첫 손님이 되어주세요. 기다리고 있을게요."

―안녕히 주무세요. 좋은 밤 보내시길.

마모리가 뭐라 대답하기도 전에 가에데는 밤 인사를 남기고 왕관 모양의 조명 빛을 받으며 연기처럼 사라졌다.

눈 깜짝할 사이에 카페도 모습이 바뀌었다. 어두침침하고 휑뎅그렁한 빈집 한가운데에 고즈에와 마모리가 우두커니 서 있었다. 떠다니는 먼지에 고즈에가 컥컥 기침을 해댔다.

"여우에게 홀린 것 같아요."

"진짜로 여우에게 홀린 건 인형들인걸."

여전히 꿈을 꾸는 듯한 고즈에에게 아무렇지 않은 척 대꾸했지만 마모리도 놀라기는 마찬가지였다. 마법의 주문은 이렇게 끝이 난 것 같았다.

"어? 고즈에, 뭐가 번쩍거리는데?"

고즈에의 원피스 주머니에서 새어 나온 빛이 어두컴컴한 방 안을 밝혔다. 스마트폰에서 나온 빛이었다. 카페 안에선 전자기기가 작동을 안 했는데 지금은 평소처럼 전원이 켜져 있었다. 고즈에는 발신자가 누구인지 확인도 하지 않고 재빨리 전화를 받았다.

"여, 여보세요."

"고즈에!"

"사토미 씨?"

전화를 건 사람은 새엄마였다. 사토미는 흥분해서 마모리에게도 똑똑히 들릴 정도로 큰 소리로 숨도 쉬지 않고 소리쳤다.

"방금, 지금 막! 병원에서 연락이 왔어! 가에데가 눈을 떴대!"

"정말요?"

"응, 의식도 또렷하대. 아, 다행이야, 정말 다행이야."

사토미와 아빠는 곧바로 병원으로 간다고 했다. 울먹이면서 몇 번이고 다행이라고 중얼거리는 사토미에게선 남매를 향한 사랑이 절절히 느껴졌다.

전화를 끊은 뒤 고즈에는 온몸에서 힘이 빠져나간 듯 제대로 서 있지도 못하고 비틀댔다. 마모리가 재빨리 다가가 부축했다.

"오빠가……."

"응. 드디어 깨어났어!"

두 사람이 쓰고 왔던 우산이 창가에 떡하니 걸려 있었다. 카페에 머문 시간은 한 시간도 채 되지 않았는데 그사이 비는 말끔히 그쳤다. 고즈에의 얼굴에 가에데와 똑같은 부드러운 미소가 흘렀다.

"마음이 놓여서 그런가, 너무 졸려요. 오늘 밤은 푹 잘 수 있을 것 같아요."

마모리도 같은 마음이었다. 둘은 우산을 챙겨 빈집에서 나왔다. 비가 그친 뒤의 맑고 싱그러운 공기가 온몸을 촉촉이 훑고 지나갔다.

흔들흔들 잠을 부르는 요람처럼 포근한 밤기운이 부드럽게 내려앉았다.

에필로그

가에데가 눈을 뜬 지 2주가 지났다.

다행히 후유증도 없고 운동신경도 서서히 회복되고 있어서 이대로라면 조만간 별 탈 없이 퇴원할 수 있을 것 같다는 희소식을 고즈에가 마모리에게 문자로 전해줬다.

마모리는 아직 한 번도 깨어난 가에데를 보러 가지 않았다.

마음 같아서는 당장이라도 달려가고 싶었지만 가에데가 의식이 없던 동안에 일어난 일을 과연 기억하고 있을까 하는 격정이 발길을 붙잡았다. 가에데와 마모리는 불가사의한 카페에서 만난 마스터와 손님에 지나지 않았다. 마법이 풀린 지금 가에데는 그때 일어난 일들을 기억하지 못할지도 몰랐다.

만약 가에데가 "누구세요?"라며 고개를 갸우뚱하기라도 한다면 마모리는 아무리 마음의 준비를 단단히 했다 하더라도 큰 충격을 받을 터였다. 고즈에에게 확인해 달라고 부탁해도 되지만 어떤 진실을 마주하게 될지 겁이 나 연락도 못 하고 평소처럼 일에 쫓기는 하루하루를 보냈다. 보다 못한 고즈에가 그런 마모리에게 핀잔을 주며 가에데의 상황을 문자로 보고했다.

"그런데 마모리 씨, 왜 오빠 보러 안 오는 거예요? 일하느라 바쁜가 보다 하고 마냥 기다렸는데, 그래도 곧 와주겠지 하고 기대했는데! 도대체 왜 안 와요! 오빠가 엄청 기다리고 있다고요!"

가에데도 마모리를 기억하는 모양이었다. 하지만 막상 가려니 이미 시간이 꽤 지나서 만나기가 민망하고 어색했다. 문병 한번 가는 것으로도 이런 꼴이었다.

그렇게 해서 가을도 깊어진 오늘.

대체 근무로 월요일에 쉬게 되어 마모리는 점심 무렵부터 가에데를 만나러 가려고 각오를 다졌다.

"머리랑 옷은 어떡하지? 병원에 가는데 너무 멋 부리면 안 되겠지?"

좁은 현관 벽면에 걸린 전신 거울에 온몸을 비추어 보면서 차림새를 마지막으로 꼼꼼히 살폈다. 얇고 파란 니트에 연회색 와이드팬츠를 입고 옆머리에는 수플레가 준 검은 리본을 달았다. 미미코가 네일을 새로 해주었는데 이번엔 단풍잎 색깔을 바탕으로 깐 뒤 손톱의 삼분의 일 정도를 빨강, 파랑, 노랑 체크무늬로 채웠다.

미미코와는 일 때문에 얼굴을 꽤 자주 봤다. 그도 그럴 것이 이번에 마모리가 진행하는 옥토버페스트에서 미미코가 페이스 페인팅을 하기로 했기 때문이었다. 페이스 페인팅 자격증이 있는 미미코가 관람객들의 얼굴, 손등, 앞가슴 같은 부위에 그림을 그리는 이벤트를 할 예정이었다. 축제와 아주 잘 어울릴 것 같았다. 재미 삼아 몸에 그림을 그려 넣는 것만으로도 흥이 올라 축제를 한층 재밌게 즐길 수 있을 듯했고, 사진을 찍어 SNS에 올리기 편하니 홍보 효과도 기대할 만했다. 축제 당일에는 미미코 말고도 두 명을 더 고용해서 저렴한 가격으로 누구나 가볍게 시도할 수 있게 자리를 마련할 계획이었다.

무대 출연자 섭외도 무사히 마쳤다. 아카펠라 그룹 '사이코로 리듬'의 출연이 확정됐다. 마모리가 맡은 축제 준비는 차질 없이 착착 진행됐다.

'푹 자요 카페를 통해 알게 된 사람들 덕분이네.'

거울에서 눈을 떼고 신발을 신는데 이런저런 일들이 주마등처럼 스쳐 갔다. 미미코는 카페를 통해서 알게 됐다. 아카펠라 그룹을 소개해 준 사람은 다도코로지만 다도코로와의 인연은 향주머니를 통해서였다. 다도코로는 지난 2주 동안 전철에서 두 번 정도 마주쳤는데 변함없이 열심히 영업 일을 하는 듯했다.

한편 마모리는 하루토도 거리에서 가끔 봤다. 하루토는 알아채지 못했지만 늘 함께 다니는 금발 소년과 귀여운 카페에 사이좋게 들어가는 모습을 마모리는 멀리서 지켜봤다.

그리고 고즈에가 다쓰 할아버지의 소식도 전해주었다. 다쓰의 손주는 가에데보다 먼저 퇴원했는데, 시합에 나갔는지는 이번 수예 교실에서 만나면 물어볼 예정이라고 했다.

"자, 가볼까."

쿵쿵, 발을 굴려 신발에 발을 꾹 집어넣었다.

마모리는 심호흡을 하고 나서 맑고 높은 가을 하늘을 바라보며 걸음을 뗐다.

가에데의 병실에는 처음 보는 중년 여성이 있었다. 포동포동한 몸집에 사람 좋아 보이는 인상의 여성이 마모리를 보더니 "어머, 어머!" 하고 얼굴 가득 환한 미소를 지으며 반겼다.

"문병 온 거죠! 가에데 친구? 애인?"

"아, 아니에요!"

"저는 가에데 엄마예요. 반가워요!"

마모리는 흠칫 놀랐다. 말로만 듣던 사토미였다.

"처음 뵙겠습니다, 저는……."

"이렇게 예쁜 애인이 있었다니! 다음에 꼭 우리 집에 놀러 와요. 난 막 나가려던 참인데 가에데는 지금 자고 있으니까 천천히 있다가 가요!"

끼어들 틈 없이 말을 쏟아내는 통에 마모리는 그저 듣기만 했다. 애인이라고 오해를 산 것 같았지만 부정할 틈도 없었다. 사토미가 병실 시계를 확인하더니 "어머나, 학교에 다시 가봐야 하는데!" 하고는 서둘러 나갔다.

마모리는 잠시 멍하니 서 있었다.

'사토미 씨도 가에데 씨 아빠처럼 초등학교 교사라고 했지. 학교에서 일하다 잠시 나왔나 보네.'

폭풍이 한바탕 휘몰아치고 간 듯 정신이 없었지만 듣던 대로 좋은 분 같았다. 고즈에와는 아직도 서먹서먹한 상태라고 했는데, 사토미의 넘치는 활력에 고즈에도 언젠가 휘말려 들어가 화목하고 단란한 가족이 되리라는 예감이 들었다.

"가에데 씨는 자나?"

발소리를 죽이며 침대 옆으로 살금살금 다가갔다.

가에데는 황금색 머리를 베개에 대고 자고 있었다. 이전에 문병 왔을 때 봤던 마르고 여윈 모습은 온데간데없었다. 건강을 되찾은 듯해서 마음이 놓였다. 한없이 바라보고 싶은 단정하고 다정한 얼굴이었다.

며칠 사이 문병객이 늘었는지 의자 위에는 종이 가방이 여럿 놓여 있었다. 하지만 선반 위에는 인형들과 삼색 하바리움만이 그대로 자리를 지키고 있어서 왠지 뿌듯했다.

"수플레, 타르트, 보네, 오랜만이야!"

마모리는 인형들을 향해 손을 살며시 흔들었다. 대답은 당연히 없었지만 마모리의 귀에는 "일어나요, 마스터! 마모리 씨가 왔어요!", "어서 오세요!", "일어나, 일어나!" 하고 야단법석을 떠는 인형들의 목소리가 병실의 정적을 깨고 들려오는 듯했다.

"으응…….."

"가에데 씨?"

인형들의 소리 없는 외침이 잠자는 가에데를 정말로 깨운 걸까. 몸을 비트는 가에데를 보고 마모리는 화들짝 놀랐다.

'아, 아직 마음의 준비가 안 됐는데…….'

무슨 말부터 해야 할까. 하고 싶은 말이 너무 많았다.

우선은 몸이 어떤지 물어봐야겠지. 카페에서의 추억을 얘기해도 될 테고.

하지만 무엇보다 가에데가 남긴, 카페 말고 다른 곳에서 마모리를 만나고 싶다는 말의 진의가 가장 궁금했다. 그걸 데이트 신청으로 받아들여도 될까.

마모리는 가에데가 퇴원하면 가에데와 고즈에를 옥토버페스트에 초대하고 싶었다. 고즈에는 맥주를 마실 수 없겠지만 그래도 같이 와주면 정말 기쁠 것 같았다.

'아, 그러면 만날 수야 있겠지만 난 행사 진행하느라 정신없을 테고 안내도 제대로 못 할 텐데 어쩌나.'

마모리의 마음은 이런저런 기대로 부풀어 올랐다.

카페 개업 준비에 참고할 수 있게 둘이서 카페 순례를 다녀도 좋겠지. 꿈속보다 훨씬 멋진 카페를 만들기 위해 이것저것 논의하며 함께 돌아다니고 싶었다. 하지만 그러면 모처럼의 데이트인데 너무 일만 하게 될 것 같아 걱정되기도 했다.

　이런저런 망상에 빠져 있던 마모리는 혼자 앞서간다는 생각에 얼굴이 빨개졌다. 그때 가에데의 속눈썹이 꿈틀거렸다.

"어……."

　마모리는 문득 가장 먼저 해야 할 말이 떠올랐다. 정확히 따지자면 지금은 아침이 아니라 한낮이지만 아무래도 이 말이 가장 잘 어울릴 것 같았다.

　가에데가 천천히 눈을 떴다.

"마모리 씨?"

　연갈색 눈동자가 마모리를 바라봤다. 가에데가 느릿느릿 몸을 일으켰다. 창문으로 비쳐 든 햇살에 황금색 머리카락이 눈부시게 빛났다.

　아직 잠이 덜 깬 가에데에게 마모리는 가장 환하고 부드러운 미소를 지으며 첫인사를 건넸다.

　안녕히 주무셨어요? 좋은 아침이에요.

달빛 속 푹 자요 카페

초판 1쇄 인쇄 2025년 2월 3일
초판 1쇄 발행 2025년 2월 11일

지은이   아미노 하다
옮긴이   양지연

책임편집   한의진
디자인   정정은
책임마케팅   최혜령, 박지수, 도우리, 양지환
마케팅   콘텐츠 IP 사업본부
해외사업   한승빈, 박고은
경영지원   백선희, 권영환, 최민선, 이기경, 강아현
제작   재영P&B

펴낸이   서현동
펴낸곳   ㈜오팬하우스
출판등록   2024년 5월 16일 제2024-000141호
주소   서울시 강남구 테헤란로 419, 11층(삼성동, 강남파이낸스플라자)
이메일   info@ofh.co.kr

ⓒ 아미노 하다
ISBN 979-11-7577-147-5 (03830)

모모는 ㈜오팬하우스의 출판브랜드입니다.